EDITORA TRINTA ZERO NOVE

"A tradução não se cinge apenas a palavras:
é uma questão de tornar inteligível uma cultura inteira."
Anthony Burgess

EDITORA TRINTA ZERO NOVE
Título **Não vás tão docilmente**
Título original **Do not go gentle**
Autoria Futhi Ntshingila
Tradução **Sandra Tamele e Hilton Lima**
Revisão **Editora Trinta Zero Nove**
Capa e Projecto Gráfico **Editora Trinta Zero Nove**
Paginação **Editora Trinta Zero Nove**
Impressão **Editora Trinta Zero Nove**

ISBN: 978-989-54516-9-2
Depósito Legal DL/BNM/557/2020
Registo 10241/RLINICC/2020

Av. Amílcar Cabral, nº1042
Maputo
Moçambique

contacto@editoratrintazeronove.org
www.editoratrintazeronove.org
@editoratrintazeronove

Futhi Ntshingila

Não vás tão docilmente

Romance | (des)temidos 02

Futhi Ntshingila

Não vás tão docilmente

Tradução de Sandra Tamele
e Hilton Lima

Para as crianças que vivem às margens da sociedade
e que enfrentam dilemas colossais.
AS VOSSAS VOZES CONTAM.

CAPÍTULO 1

Depois do funeral de Sipho, a situação de Mvelo e Zola, sua mãe, piorou ainda mais. Mvelo era jovem, mas sentia-se velha como um sapato gasto. Era ainda catorzinha, mas tinha cabeça de uma quarentona. Tinha deixado de cantar. Para o bem da mãe, tentou ao máximo manter o optimismo, mas sentia a esperança escorregar-lhe das mãos como um peixe. Elas já tinham estado nesta situação antes, quando alguém do posto de pagamento da pensão decidiu suspender os seus benefícios sociais. Um dos benefícios era por Mvelo ser menor de idade, sustentada por uma mãe solteira de trinta e um anos. O outro era para Zola, por causa do seu estado de saúde.

A ideia de não ter dinheiro para comer, para viver, deixava Mvelo desvairada. "Por que suspenderam os subsídios? Minha mãe ainda não está em condições de trabalhar", reclamou ela com a funcionária, que tinha os olhos injectados e atirava comprimidos para a boca como se fossem amendoins. As extensões malfeitas e a maquiagem carregada davam lhe a aparência de um homem vestido de mulher. Para todos na bicha, era óbvio que a funcionária estava de ressaca.

Hhabe, ndinido ngane do bo do hhayi, como queres que eu saiba? Viste o que diz aqui: SUSPENSO. Vais ter de ir até Pretória, onde todos os teus documentos são processados. Agora, xô!", ela afastou-os a todos com um gesto da mão. "Chegou a hora do meu almoço". O que a funcionária queria era beber uma cerveja gelada para aliviar a ressaca.

Zola impediu a filha de tirar mais satisfações da mulher.

"Não vale a pena, Mvelo. Vamos pra casa. Vamos pensar em alguma coisa". Era triste ver as duas assim. Zola era uma pálida imagem da sua antiga forma atlética. A sua grande estatura deixava-a com uma aparência ainda pior. As pessoas na bicha fofocavam tapando a boca com as mãos, como de costume. A visão de alguém que estava claramente doente parecia incitá-las a falar sobre o que era uma verdade inquestionável para muitas pessoas que lá aguardavam, mesmo que não fosse possível ver.

Mvelo e Zola tinham pedido emprestado dinheiro para o chapa até o posto de pagamento do subsídio. Agora, teriam de voltar a pé. E debaixo do sufocante calor de Durban. Lágrimas quentes ardiam nos olhos de Mvelo, e o nó na sua garganta latejava. Ela bebeu água e saiu a vaguear pela multidão até chegar á estrada, para fazer o caminho de volta com a sua frágil mãe. Foi aí que um anjo improvável se materializou na bicha, na forma de maDlamini.

"Mvelo", chamou ela. Pelo menos dessa vez, Mvelo se sentiu feliz por responder ao chamado de maDlamini. Quase desmaiou por uma combinação de alívio, fome e calor.

"Eles disseram que os nossos subsídios foram suspensos, e agora não temos dinheiro pra voltar pra casa", disse Mvelo. Lágrimas de raiva e desespero continuaram a correr-lhe rosto abaixo.

Num tom carinhoso, maDlamini consolou as duas e ofereceu dinheiro para o chapa. Acto de bondade motivado pela atenção que recebia dos espectadores na bicha.

Foi naquele dia, quando o subsídio por doença da mãe foi suspenso, que Mvelo deixou de pensar em mais do que um dia de cada vez. Aos catorze anos, aquela menina que antes adorava cantar e gargalhar deixou de ver o mundo a cores. E passou a vê-lo em tons cinzentos e opacos. Teria de pensar como adulta para manter a mãe viva. Estava perdida no meio da escuridão. Um dia, acordou e resolveu não ir mais para a escola. De que adiantava? Assim que descobrissem que a mãe não poderia mais pagar, iam expulsá-la de lá de qualquer maneira.

Mesmo no seu momento de maior fraqueza Zola

insistiu que deveriam ir à igreja. Estava frágil, fisicamente, mas a vontade de viver ainda não a tinha abandonado. No entanto, ela não era exactamente convencional nos modos da igreja. Rezava de um forma diferente das outras pessoas. Quando a situação ficava complicada, ela dizia: "Bom, o que eu posso dizer, Virgem Maria. Nós, os esquecidos, nós vasculhamos o lixo atrás de migalhas para aguentar o dia e aquietar o roncar no nosso estômago. Nós estamos armados com os antirretrovirais para encarar o incansável inimigo sem rosto que deixou muitos de nós sem nossas mães. Nós, os esquecidos, sabemos que segunda-feira é dia do lixo. Nós saímos em massa nas manhãs de segunda para vasculhar os sacos pretos que guardam essa frágil linha entre a vida e a morte para nós. Procuramos sobras para forrar nossos intestinos e protegê-los dos remédios corrosivos que precisamos tomar para não morrer e deixar órfãos para trás. Avançamos com nossas mãos e não nos preocupamos com o cheiro a podre. As larvas exploram nossa carne morna enquanto vasculhamos o lixo para nos salvarmos, para que nossos filhos ganhem tempo. Vivemos das lixeiras dos ricos. Alguns deles vêm até o portão e nos oferecem sobras limpas, enquanto outros vêm para nos enxotar. Nós somos os esquecidos, somos os moradores das palhotas nas margens da sociedade, a desgraça dos subúrbios. Vamos de lixeira em lixeira na esperança de encontrar qualquer coisa que nos dê mais tempo".

Essa era a conversa de Zola com a mãe de Jesus no fim de um dia longo e abafado, enquanto ficava no meio da palhota que dividia com Mvelo lavando a louça numa bacia de plástico azul brilhante. "Amanhã será outro dia para nós", ela dizia, trocando Maria por Mvelo.

Às vezes, Mvelo queria apenas que sua mãe fosse normal e que dissesse "Senhor" no começo e "Amém" no fim, como fazem as outras pessoas. Mas Mvelo e sua mãe não eram normais. Ela logo chegou a essa conclusão.

Mvelo sentia pena de Maria quando sua mãe rezava. Zola não acreditava na linguagem empolada que a maioria dos religiosos utilizavam. Ela ia directo ao assunto que tinha em mente. Era como Jacó, aquele antigo homem da Bíblia que lutou com Deus toda a noite.

Nessa época, ela já não estava forte, fisicamente. Até o vento poderia derrubá-la. Mas a sua determinação interior era de aço. A sua fortaleza interior poderia amansar leões e transformá-los em gatinhos mansinhos.

Todas as noites, depois de tomar os antiretrovirais que levantara na clínica, Zola deitava-se às vinte horas em ponto no colchão de solteiro que ambas dividiam, um colchão de espuma sustentado por tijolos.

Mvelo escutava a mãe sonhar alto sobre o desejo de um dia ver a filha ser cantora. No seu rosto um olhar distante. Debaixo da luz das velas, Mvelo via os olhos da mãe brilharem com o sonho de chegar ao céu por meio de sua filha. Elas caíam no sono, embaladas pelas vozes dos vizinhos bêbados que cantavam, riam, praguejavam ou brigavam, conforme o seu estado de espírito.

O desespero de Zola era particularmente intenso nos dias em que voltava dos biscatos que fazia sem trazer comida para o jantar. Mesmo quando Mvelo tentava confortá-la, dizendo que não estava com fome, Zola não conseguia deixar de se culpar. Sua tristeza era muito grande naqueles dias, e o abatimento que sentia era transmitido a Mvelo, que se via tragada para as trevas do ânimo da sua mãe. Mas, no dia seguinte, começariam de novo, com os sinais da vida pulsando mais uma vez ao seu redor.

Houve um dia em que as duas acordaram com o burburinho de uma nova tenda que foi montada perto do bairro de lata. Altifalantes e microfones eram testados em preparação para uma semana de culto. Zola ficou entusiasmada, pois achou que talvez um dos líderes da igreja descobriria a voz da sua filha e tentaria cultivar o seu talento. "Puxa os refrãos e dá o teu melhor. Não te acanhes, solta a voz como se a tua vida dependesse disso". Esse era o treino que dava à Mvelo antes dos cultos. Ela só se juntaria a eles depois das oito, pois antes precisava tomar os antiretrovirais. Mvelo fez o que sua mãe pediu e, cada vez que cantava, podia sentir uma agitação eléctrica na tenda da igreja.

Os líderes começaram a fazer perguntas sobre aquela moça que tinha dom para o canto. As respostas sempre vinham sob a forma de sussurros. "É a filha da Zola. Sim, aquela que está com a doença do século". A lábia de maDlamini entrava em cena para quem quisesse ouvir sobre os sofrimentos que as duas passavam nas palhotas.

Além de insistir a Mvelo que frequentasse a igreja todo domingo, Zola também pressionou para que ela voltasse a fazer os testes de virgindade. Quando sua filha se recusou, ela implorou: "Mvelo, sei que não estás a fazer nada de errado com os rapazes, mas eu quero que vás, pela minha paz de espírito". Muitas mães incentivavam suas filhas a seguir esse caminho para se certificarem que não eram vítimas silenciosas do abuso sexual.

Mvelo cedeu e fez as viagens de teste, mas por questão de sobrevivência. Conseguiu voltar para a casa com muita comida escondida em sacos plásticos, que ela apanhou e guardou para Zola. Apesar de não ter o bastante para se alimentar, estava a crescer e começava a ter a aparência de uma mulher. Tinha as curvas nos lugares certos e era alta, embora não tão alta quanto a sua mãe. Aquela flor selvagem, sem nutrição adequada, cresceu regada pelas chuvas e aquecida pelos raios do sol.

A tosse crónica de Zola piorava, principalmente à noite. Às vezes, no meio à escuridão, Mvelo ouvia sua mãe chorar silenciosamente. Aqueles momentos também eram acompanhados por outros sons desoladores: um cão solitário que uivava, vendo espíritos atormentados a caminhar, ou grilos a cantar e sapos a responder com o estranho coaxar dos pântanos. O pior de tudo eram os mosquitos, que zumbindo pelo sangue das duas, rodeando-as feito abutres.

Os únicos sons nocturnos que traziam a luz da esperança para Mvelo era cantar dos galos, que anunciava a chegada da manhã. A luta contra a noite finalmente terminava. Viveriam para ver um novo dia.

A primeira vez que descobriram que Mvelo tinha o dom para a música foi quando foram à igreja depois que o resultado do exame de Zola deu positivo. Dormiram muito mal na noite anterior, pois Zola estava com dificuldade de respirar, e ambas despertavam durante o sono. Mvelo teve que tactear pela sua mãe no escuro para dar de beber a ela. Já não tinham mais velas. Com a ajuda do luar que entrava pelas rachaduras na parede da palhota, Mvelo encontrou a bolsa de comprimidos de Zola e deu paracetamol para aliviar a dor da mãe.

Quando os galos cantaram, anunciando o alvorecer de um novo dia, Mvelo agradeceu pela luz matinal. Levantaram-se e foram para a igreja, onde ela cantava como se adentrasse o paraíso. Quando ela cantava, não sentia medo. Viajava para um mundo onde não havia doença. Cantava para se livrar da palhota fria e húmida que chamavam de lar, cantava para se livrar da fome, da enfermidade e das dores de Zola.

Com a pele a formigar, de olhos fechados, ela trouxe Deus à igreja com seu canto. Quando voltou a si, percebeu que estava cantando sozinha, sob o olhar fixo da congregação e o brilho no rosto de Zola.

"Tu já não estavas mais connosco quando cantaste daquela maneira. Eu senti um frio na espinha. Eu juro que Deus estava entre nós. Qual é a sensação de cantar assim?", Zola perguntou à filha. A única explicação que Mvelo conseguiu dar foi de que se sentia como se estivesse em transe.

"Vi um arco-íris de cores vivas piscar na frente dos meus olhos. Quando voltei a mim, me senti livre e feliz".

A caminho de casa, Zola parou numa barraca e usou o último dinheiro que tinha para comprar um pacote de Oreo. Eram as suas bolachas preferidas. Sipho, o homem que estivera na sua vida durante treze anos, costumava comprá-los sempre nos bons tempos. Zola e Mvelo seguiram em direção á palhota, onde se sentaram do lado de fora, mergulhando as bolachas no chá. Em silêncio, comeram a massa castanha recheada de creme branco, saboreando a doçura, e Mvelo percebeu que o pensamento da sua mãe estava longe dali, relembrando os dias de fartura na casa de Sipho.

Zola ria suavemente, enquanto recordava uma das suas anedotas engraçadas. "Lembras da Khanyisile, minha amiga que trabalhava no bar da Skwiza? Foi mais ou menos na época em que as antigas escolas brancas começaram a aceitar crianças negras". Ela apertou o nariz para zombar dos sotaques das alunas que frequentavam as escolas Modelo C. "Acho que chamavam Khanyisile assim porque ela tinha a pele muito clara. Mas, enfim, a vizinha da Skwiza, Dudu, aquela que casou com um polícia que fazia dela saco de pancada, convidou Khanyisile pra ser dama de honra, e lá fomos nós pro salão, pra arranjar o cabelo dela e alisar a palha de aço daquela carapinha enrolada.

A Khanyisile sentou-se numa daquelas cadeiras pretas de couro com rodas, com a cabeça inclinada pra trás na bacia pra lavar o cabelo, antes de fazer o longo processo até chegar ao efeito desejado.

A mulher na cadeira ao lado estava a trançar mechas. Estava super bem-vestida, com botas vermelhas a matar, uma calça justa preta e uma blusa creme com um decote escandaloso.

A mulher que fazia o penteado dela tinha um cabelo curto comum, e a pele era de um tom escuro que ia fazer a polícia pedir a ela documento de identidade para provar que não era imigrante ilegal. Ela trabalhava no cabelo tranquilamente, como uma profissional de verdade, primeiro separando e depois fixando as longas e sedosas mechas no cabelo da mulher com uma agulha que parecia uma arma. Bastava um erro, e a cliente poderia ficar com dano cerebral irreversível.

Aplicaram vaselina na testa da Khanyisile para não queimar com o produto. Aquela coisa branca e que cheira mal foi aplicada no cabelo dela em partes, e depois ela esperou até o produto desbastar os cachos. Dava pra sentir uma sensação de ardor, de comichão, quando o produto começava a agir. Depois de uns minutos, ela fez o sinal pra cabeleireira que tinha começado a queimar.

Duas adolescentes entraram no salão, tagarelando em voz alta com seus novos sotaques. Disseram que iam á festa de dezoito anos de uma colega de turma e que queriam abalar e dar um show no aniversário. Pediram para a cabeleireira fazer uns retoques nas suas vassouras oxigenadas delas, que deviam parecer cabelo loiro".

Zola tentou imitar o sotaque delas e Mvelo também começou a rir. Ela entornou chá quente no colo, deu um pulo, e as duas explodiram em gargalhadas mais uma vez.

Elas secaram as lágrimas que brotaram das fortes risadas, e Zola continuou a história. "Aí, elas disseram que as raízes pretas estavam a crescer e que não queriam parecer um dois ratinhos-lavadores na festa. A mulher que estava a colocar extensões do lado da Khanyisile não conseguiu segurar o asco pelo que ela chamava de a brigada do nariz.

'Essas Oreos falsas das escolinhas Modelo C. Entram aqui falando pelo nariz'. Ficou um silêncio confrangedor tomou enquanto nós assistimos à mulher resmungar na frente das adolescentes. Enquanto isso, metade da cabeça dela tinha um cabelo comprido e sedoso, importado da Coreia, e a outra metade tinha o seu cabelo curto e tratado com produtos químicos.

De tanto resmungar apareceram gotinhas de suor no rosto dela. Quando olhei mais perto, vi que essa mulher com manias de africana verdadeira tinha um rosto que era muito mais claro que as mãos e as orelhas. Era óbvio que clareava a pele.

As Oreos não ligavam nenhuma á mulher. Ficaram

a mascar chuingas atrevidamente e esperaram a vez delas.

Naquele momento, tinha gente a segurar o riso por todo o salão. Quando saímos de lá, caímos na gargalhada. Olhei para Khanyisile com o cabelo pronto e disse 'Isso me deu vontade de comer Oreo'".

Mvelo adorou ver sua mãe rir — o que não acontecia mais com a mesma frequência, agora que ela vivia pensativa e preocupada.

CAPÍTULO 2

No último dia do culto, o Reverendo Nhlengethwa pediu a Mvelo que fosse para uma sala lá atrás. Disse que precisava rezar por ela e fortalecê-la com o espírito santo, para que seu dom pudesse florescer.

Na privacidade da sua sacristia improvisada, leu passagens da Bíblia, colocou a mão na cabeça de Mvelo e rezou. Depois, ele abraçou-a carinhosamente. Seu gesto gentil fez-lhe lembrar de Sipho, a única figura paterna que conhecera. O gesto trouxe de volta toda a dor que ela teve de suportar durante os dois últimos anos. Era um alívio ser abraçada. Ela deixou sua cabeça repousar no seu peito amplo, um sinal que ele interpretou como consentimento. O que veio depois foi como um pesadelo.

As mãos dele foram ágeis, encontrando logo o que queriam. Lançou-se sobre ela de uma forma desenfreada e brutal, estilhaçando o seu mundo de ilusões. O olhinho, a sua inocência roubada. Desflorada e desgraçada. Pensar na mulher que ia verificar a sua virgindade e olhar para ela com repulsa distraiu-a da dor que lhe queimava entre as pernas.

Imaginou um olhar de decepção, vergonha e desamparo vindo de Zola, enquanto o Reverendo Nhlengethwa se erguia sobre ela com um olhar de satisfação enquanto se ajeitava.

Tinha o sorriso malicioso de um homem contente com os seus actos e não disse uma palavra sequer. Um fio da cor da vida desceu pelas coxas de Mvelo até cair no assoalho. Um iceberg formou-se no seu peito, congelando as suas lágrimas e o seu coração.

Ela deitara a cabeça no corpo dele e, quando ele passou de protector a predador, o choque paralisou-a. Sua alma aninhou-se numa concha dentro do seio. Na sua mente, apagou o predador da sua vida e lançou relâmpagos sobre ele para sugar toda sua força vital, transformando-o num espantalho inerte e ressecado pairando sobre as plantações.

Ela ajeitou as roupas, limpou o sangue entre as pernas e foi para casa sem dizer nada. Foi pondo um pé á frente do outro até chegar a sua palhota, onde Zola a esperava com um rosto que faiscava esperança. Não poderia dizer à sua mãe o que tinha acontecido. Ela morreria. Ela já estava frágil demais. "Ele acha que vais fazer sucesso na música gospel?". "Vai te colocar em contacto com a Rebecca Malope?". "Ele...?".

Foi interrompida pelas lágrimas de Mvelo. Uma torrente brotou dentro dela, pois a razão de viver de sua mãe tinha sido esmagada e pisoteada. Pelas suas lágrimas, Mvelo pôde ver o rosto da mãe murchar e envelhecer, passando de trinta e um para oitenta anos de idade.

Chorou pela sua mãe mais do que pela sua própria dor. Queria esquecer o que acontecera. Precisava de força para cuidar da mãe doente e levá-la até a sepultura com dignidade. Assim, ela sorriu entre as lágrimas, reunindo toda a coragem que não tinha. "Não, ele só rezou por mim. Foi só isso que ele fez. A igreja vai pra outra cidade", disse.

As duas dormiram em silêncio, uma nos braços da outra. Era tudo o que lhes restava.

Depois da tenda, Zola perdeu a capacidade de falar. Não tinha energia para tal. Fazia apenas horríveis ruídos de dor, que vinham na forma de pequenos uivos. Mvelo podia sentir a mãe respirar com dificuldade a cada sopro. Era um trabalho duro, que a deixava encharcada de suor apenas ao inspirar e soltar o ar. Os olhos, embora estivessem encovados, ainda guardavam um brilho quando Zola olhava para a filha, sua única razão de viver.

Desde que a igreja foi embora, Mvelo tentara, mas havia perdido a esperança. Estava fechada e mais triste que o cheiro de cera e de vela queimada. O cheiro da pobreza. Um cheiro que penetrava cada peça de roupa e cada palhota nos bairros de lata. Mvelo escondeu de Zola a história sórdida pela qual passou, mas uma mãe perto da morte é sensitiva. Sabia que algo terrível e atroz havia tocado a alma de sua filha.

Saíram de uma casa de alvenaria para acabar ali. Mvelo chorou, pensando mais uma vez no calor e na segurança que sentia em casa de Sipho, o que parecia ter sido há tanto tempo. Neste lugar maldito, as moças não podiam brincar ao sol, atirando água umas nas outras só de roupa interior. À noite, tinham de dormir com um olho aberto e o outro fechado. A qualquer instante, a rudimentar porta de cartão poderia ser derrubada por um pontapé dos monstros da noite que, como vampiros, temiam a luz do dia.

Os tios. Mvelo perdia a conta das amigas que foram suas vítimas. Eles chegavam e partiam deixando para trás vidas destruídas e corações partidos.

Faziam as vezes de namorados das mães solteiras que passavam por dificuldades e que nunca aprendiam; brincar de casinha e fazer o papel de pai dos filhos dos outros os entediava. Lobos na pele de cordeiro, voltavam-se para as filhas, causando dano físico e uma vida inteira de cicatrizes mentais. Mvelo foi uma das que tiveram sorte. Pôde pelo menos contar com Sipho como pai. Ainda que ele a tivesse decepcionado, nunca abusou dela. Mas foi por meio de muitas de suas amigas e colegas de escola que aprendeu a tomar cuidado com homens que diziam ser tios. Podiam ser perigosos.

Com esses pensamentos a martelarem-lhe a cabeça, houve um dia em que Mvelo não aguentou mais. Simplesmente desistiu da ilusão de ver a mãe melhorar e resolveu deixar de lhe dar os comprimidos. Abraçou a mãe forte e disse: "Mãe, não estás a melhorar, e não temos comida para ajudar os comprimidos que te ajudam a melhorar. É muito sofrimento. Eu tenho de te deixar partir e peço-te que partas e vás descansar". Ela falou como uma mulher muito vivida. Não sabia de onde viera aquilo.

Zola tentou apoiar-se num cotovelo e olhou a filha nos olhos. "Mvelo", disse, "eu sei que aconteceu alguma coisa contigo no último dia da igreja. Estou a ver que a tua barriga cresceu e que as tuas mamas estão escuras e com estrias. Promete-me que não vais fazer nada que machuque essa vida que está crescendo dentro de ti. É uma vida inocente. E eu vou te deixar com uma condição: tens de me prometer que não deixarás que eles me metam numa caixa. Aconteça o que acontecer, me enrola num lençol e me manda pra Deus, mas não deixa que me metam numa caixa". Seus dedos magros espetavam o pulso da filha.

Mvelo fez a promessa, mesmo que não soubesse como faria para cumpri-la.

Zola sempre teve medo de lugares fechados. Sabia que estava a ser egoísta ao colocar esse fardo nos ombros da filha, pedindo para que levasse a cabo uma promessa tão difícil. Nenhuma das duas derramou lágrimas. Para isso, era preciso uma energia que já não tinham mais. Dormiram naquela noite sem maiores perturbações.

Mvelo estava convencida de que, ao acordar, Zola já teria partido. Mas não era para ser assim, sua mãe ainda respirava com dificuldade quando Mvelo acordou de manhã. Não sabia se deveria ficar feliz ou triste.

Era segunda-feira, e Mvelo tinha saído para vasculhar as lixeiras nos subúrbios. De casa em casa, procurava qualquer coisa: garrafas de vidro para vender, pão duro para sua mãe. Pegava qualquer coisa que representasse sobrevivência. Ao contrário dos outros pedintes, ela nunca tocou a campainha ou tentou fazer contacto. Queria apenas o lixo. Não queria a piedade deles.

Zola resistiu durante meses depois que Mvelo deixou de lhe dar os comprimidos.

A verdade que ninguém queria ver, a barriga de Mvelo, ficou maior, revelando o segredo daquela noite cruel na igreja.

Então, uma certa noite, a própria Mvelo foi atacada por uma febre que a fez delirar. Os vizinhos encontraram as duas no dia seguinte. Zola, inconsciente sobre uma poça do sangue que tossiu durante a noite. E Mvelo, delirando num rio de suor formado pela febre. Zola não resistiu. Os médicos disseram que ela morreu de subnutrição e de complicações da SIDA.

No hospital, quando a médica viu que Mvelo carregava uma criança no ventre, seus olhos a julgaram. Ela contou friamente a novidade que Mvelo já sabia.

Depois de ouvir as duras palavras da médica, Mvelo caiu no sono. Sonhou que era perseguida por um monstro.

Estava apavorada, até que se lembrou que tinha uma lanterna no bolso. Ela parou e enfrentou a criatura, focando a luz sobre ela. Suas acções eram tranquilas e calculadas. Disse a si mesma que iria iluminar o monstro até roubar o seu poder. Ele foi apanhado de surpresa. Agora, ela já não era mais a caça. Era a caçadora.

O monstro deu um grito de pavor e tentou correr na direção oposta, para longe da luz. Mvelo sentiu pena da criatura, que agora soluçava ao ser dominada por ela. As pilhas da lanterna estavam a ficar fracas, tal como o monstro á sua frente. Olhou ao redor e percebeu que tudo estava em silêncio. O único som era o bater do seu coração.

Quando acordou, sabia que não seria mais uma presa fácil. O que quer que ela decidisse fazer com o seu bebé, seria decisão dela. E, de uma forma ou de outra, levaria adiante o desejo da sua mãe de não ser enterrada numa caixa.

CAPÍTULO 3

Mvelo encontrou a pessoa perfeita para ajudá-la na missão de livrar Zola do caixão. Ela recorreu a Cleanman Ndlovu, um zimbabueano de *dreads* que morava no bairro de lata, perto de Mvelo e da mãe. No Zimbábue, tinha sido professor. Ao contrário da maioria dos refugiados, Cleanman veio para a África do Sul no início da década de 90, tentando fugir das suas próprias aflições para encontrar só hostilidade nas cidades. Até que chegou ao bairro de lata, onde era possível se perder em meio a toda aquela gente lutando pela sobrevivência. Nesses barracos, ao contrário de certos lugares, ninguém incomodava os outros pelas suas origens. Além disso, por ter o apelido Ndlovu, e por o Ndebele ser a sua língua materna, não chamou atenção. Na verdade, ele se encaixava mais naquele lugar do que os *Xhosas* e os *Basothos* que se mudaram para Durban em busca de uma vida melhor. Era o seu primeiro nome, Cleanman, que era motivo de chacota. Costumava ajudar Mvelo com o T.P.C. antes de ela ter desistido da escola.

Guardava dentro de si os terrores da guerra e segredos incomunicáveis. Mvelo falou-lhe sobre o pedido de Zola e da promessa que fez á mãe.

"Mas, minha jovem", ele disse, "isso é ilegal. As leis do município não permitem uma coisa dessas".

"E depois, Cleanman?", Mvelo se exasperou. "E depois se as leis dizem outra coisa? Olha onde nós moramos. Nós não temos nada. São mil pessoas a dividir seis casas de banho. Por favor", ela suplicou entre lágrimas, "tens que me ajudar".

Ele não aguentava ver alguém chorar. Foi embora sem dar uma resposta, mas ela sabia que ele iria ajudá-la. Ele compreenderia que manter um corpo confinado numa caixa não era natural.

Cleanman era amante de poesia e começou a ler em voz alta um poema de um homem chamado Dylan Thomas no velório de Zola. "Não vás tão docilmente nessa noite serena,/Pois a velhice deveria arder e delirar no termo do dia;/ Ira-te, ira-te pela luz cujo esplendor se drena".

Mas foi interrompido por maDlamini, a fofoqueira de Mkhumbane. "*Wena*, Cleanman", disse, "*uZola* não era nenhuma velha, e nem homem. Vá se sentar e pare com essas brincadeiras dos ingleses!".

Ela continuou a falar, mas sua voz foi abafada por um coro. As mulheres começaram a cantar para disfarçar a discussão. Era hábito das mulheres — parte de suas virtudes sociais e da sua discrição — encobrir qualquer forma de vergonha ou humilhação pública.

Cleanman parecia triste e constrangido, mas não discutiu. Não tinha por hábito demonstrações públicas ou acessos. Simplesmente fechou o livro grosso que carregava, um livro com orelhas nos cantos das páginas, que já tinha visto dias melhores.

Zola teve um lindo velório. Durante toda a noite de sexta, a palhota recebeu visitas. Seu corpo foi trazido da casa mortuária num caixão simples, comprado pelos vizinhos com doações angariadas na região.

Ninguém deu ouvidos a Mvelo quando ela disse que Zola não queria um caixão. Olharam para ela com aqueles olhos de quem diz "Coitada dessa menina. Órfã e grávida aos catorze anos. Que bom que não estou no lugar dela".

Sua voz voltou na despedida de Zola. Cantou para afastar o medo que sentia pela vida que crescia na sua barriga, cantou para afastar o pavor de ter que tirar Zola da sepultura, cantou para afastar o difícil caminho que teria de percorrer, como uma órfã solitária. Cantou até se sentir aquecida por dentro, como se fosse pintada por um cálido tom de laranja. Abriu os olhos e Cleanman estava ao seu lado. "Bem-vinda de volta, minha jovem. A alma voltou nos teus olhos. É bom ver isso", sussurrou. Ela também se sentiu aliviada ao se despedir de Zola. Sentiu-se livre e teve certeza de que as pessoas que ficaram para o velório tinham aproveitado o momento. Elas cantaram, e cada uma trouxe recordações de Zola.

Uma mulher de um dos casarões das redondezas veio e trouxe uma panela de *briyani*. Parecia nervosa de estar no bairro de lata, mas estava determinada a falar. Ela se levantou e disse algumas palavras sobre Zola, que lavava a sua roupa antes de ter ficado fraca demais para trabalhar. "Zola é alguém de quem eu nunca vou me esquecer, porque abençoou minha casa com um presente que vou guardar para sempre na minha memória. Sunil, meu único filho, não falava. Os médicos achavam que ele era autista. Ficava com um olhar fixo no horizonte e, às vezes, batia a cabeça e gritava.

Quando Zola veio trabalhar na nossa casa, ele estava sempre com ela. Um dia, encontrei os dois sentados, a conversar.

Eles desenvolveram uma língua própria. Ela me disse que achava que tinha a fala presa dentro dele. Hoje, é um menino feliz que está bem na escola. Quando soube da morte dela, quis vir até aqui para prestar a minha homenagem". A intenção da Sra. Naidoo era deixar o briyani, dizer algumas palavras e sair do bairro o mais rápido possível, mas o clima do local a manteve lá durante o velório.

Na sua morte, Zola havia unido pessoas, independentemente das posições sociais que ocupavam. Os vizinhos usaram latas, tijolos e caixas de cerveja como bancos improvisados para se sentarem em frente da palhota onde foi realizado o velório.

A enfermeira de uma clínica de onde Zola tinha sido banida também veio prestar a sua homenagem. Mvelo viu a mulher na multidão. Achou que ela foi corajosa por ter dado a cara depois da forma como tinha tratado a Zola. "Foi por minha causa que ela foi banida da clínica", a enfermeira admitiu.

"Morro de vergonha quando penso nisso agora. Eu mesma sou seropositiva, e nunca aceitei isso, por causa da minha própria estupidez, por eu ter confiado num homem que eu não deveria.

Quando descobri que eu era seropositiva, fiquei fula e descontei nos meus pacientes. A maioria não reagia à minha grosseria. Mas Zola revidou quando eu a desrespeitei. Foi minha culpa, e quero pedir desculpas, á frente da sua filha. Eu deveria ter sido mais compreensiva".

A enfermeira começou a ficar emocionada. Então, as mulheres voltaram a cantar.

Pessoas que Mvelo nunca tinha visto antes se levantaram e falaram sobre Zola. Era uma noite linda. De início a lua estava vermelha, com o sol escondido detrás dela, ficando depois prateada quando finalmente assumiu o comando dos céus.

A maioria dos vizinhos se desculpou pelas fofocas. "*Bantu bomphakathi*, você me conhece... eu gosto de conversar. Hoje, quando te vejo usar as escrituras pra recriminar essa gente faladeira, eu me arrependo. Peço perdão", maDlamini disse.

Um bêbado gritou "*Ya, Mamgobhozi wendawo*", e as pessoas riram, interrompendo ruidosamente o seu discurso. As risadas incentivaram o bêbado a falar mais alto, "*umaDlamini, uNdabazabantu*, Ministério do Interior, *Ugesi waseLamonti*. Ela fica sabendo de tudo que acontece nessas palhotas".

Outra canção veio para abafar os comentários pouco lisonjeiros do bêbado. "Ai, eu sou só uma velha entediada", disse maDlamini. "Sei que Zola vai me perdoar, que Deus a tenha em descanso".

Cleanman olhou para Mvelo e assentiu com a cabeça. Eles tinham um plano. Marcaram a sepultura de Zola e voltariam à noite para tirar o caixão da terra e libertá-la no solo, conforme a vontade da natureza. Seu caixão era simples e, durante o velório do corpo Cleanman observou atentamente como ele abria e fechava.

Zola tinha dado detalhes sobre o que desejava que fosse feito quando morresse. Pediu a Skwiza, sua única parente consanguínea viva além de Mvelo, para que lesse o que havia escrito. Ela usava uma roupa que envolvia firmemente as curvas que a idade amaciou, tinha as sobrancelhas pintadas como as de um palhaço — como certas mulheres fazem —, os lábios de um vermelho intenso, e exalava perfume que poderia ser sentido por toda Durban.

Skwiza levantou-se, ignorando as risadinhas dos enlutados. Foi perfeita no seu discurso, com gestos correctos e pausas para ênfase sempre que necessário.

"É a minha vontade", Zola escreveu, "que as pessoas saibam que eu morri de SIDA. Não foi uma doença prolongada ou breve que, segundo nos falam, mata a maioria das celebridades. Nem pneumonia, nem tuberculose, nem insanidade, nem feitiço, mas sim SIDA. Este é o meu presente a todas as pessoas que espalham fofocas em uMkhumbane. Dou permissão para que vocês fofoquem em alto e bom som, não em sussurros. Digam a qualquer pessoa que queira saber que eu vivi positivamente com HIV, e que eu morri de SIDA. Digam a elas que vocês ouviram directamente da fonte".

Ela pediu a Mvelo para que lesse a sua passagem favorita da Bíblia, de Coríntios. "Ainda que eu falasse as línguas dos homens e dos anjos, e não tivesse amor, seria como o metal que soa ou como o sino que tine. E ainda que tivesse toda a fé, de maneira tal que transportasse os montes, e não tivesse amor, nada seria. Agora, pois, permanecem a fé, a esperança e o amor, estes três.”, Mvelo concluiu. “Mas o maior destes é o amor ”.

Mvelo olhou o rosto da sua mãe no caixão. Estava plácido. Nunca mais poderia voltar a falar com ela. Imaginou que, se a sua mãe pudesse dizer-lhe uma última coisa, seria “Canta, Mvelo. Nasceste para cantar”. E foi o que ela fez.

CAPÍTULO 4

Mvelo não sabia que o movimento nos cemitérios era maior na calada da noite. Quando Cleanman e ela saíram para tirar Zola do caixão, a polícia estava a perseguir e prender saqueadores de túmulos que roubavam os caixões caros para revendê-los ás famílias enlutadas. Os tiros soavam nos ouvidos de Mvelo. Sentiu-se apavorada e sem ar debaixo das axilas suadas de Cleanman enquanto ele a protegia. Ela se recusou, teimosamente em ficar para trás e deixar que ele fizesse o trabalho sozinho. Caminhou num estilo ditado pela sua gravidez. Agora, Cleanman estava em cima dela, tentando protegê-la dos tiros. Mvelo não conseguia respirar nem se mexer.

E então, de repente, tudo voltou a ser como deveria ser num cemitério: um silêncio sepulcral. Mas o silêncio não trouxe nenhum alívio a ela. Em vez disso, houve uma sensação de desgraça iminente. Ela contorceu-se para tirar o nariz do sovaco de Cleanman. O corpo dele começava a ficar mais pesado sobre ela. Roncou suavemente no ouvido dela, um som que seria tranquilizador e reconfortante em circunstâncias normais, mas que, agora, nas entranhas da noite e num cemitério, passava a mensagem de que ela estava totalmente só.

Os roncos de Cleanman causaram-lhe um ataque de histeria, e ela começou a rir incontrolavelmente. A agitação do seu corpo fez com que ele despertasse sobressaltado, pondo-se em sentido, como um guarda que é apanhado a sonecar. Ela empurrou-o. "Acho que já foram embora", disse. Cleanman tinha bebido vodca para acalmar os nervos para a tarefa, o que lhe dava sono em vez de coragem.

Mas Mvelo estava errada. Os ladrões de túmulos tinham ido embora, mas os polícias continuavam a patrulhar a zona. Viram os dois assim que Cleanman começou a cavar o túmulo de Zola. "*Hheyi*, há mais deles. Olha ali", disse um polícia chamando reforços. Cleanman sabia que era tarde demais para correr ou tentar fazer algo. Assim largou a pá e ergueu as mãos para se render. O efeito da vodca diminuiu, e ele encarou a realidade. Estava na merda. Era imigrante ilegal. Mvelo estava se sentindo desamparada e atormentada pela culpa. Tinha sido ela a por Cleanman nessa situação. Ele rezou fervorosamente para que não descobrissem que não era sul-africano. "A culpa foi minha", ela disse aos polícias, que ficaram chocados ao encontrar uma jovem grávida num cemitério naquela hora profana.

Ela contou-lhes toda a história do pedido de Zola. Cleanman, sendo Ndbele e tendo o apelido Ndlovu, falou num zulu considerado adequado, similar aos dialetos das regiões a norte da província de KwaZulu-Natal. Ele perguntou aos polícias: "Que tipo de homem seria eu se não pudesse ajudar uma moça desesperada como Mvelo?". O respeito que demonstrou pelos polícias fez com que eles se sentissem lisonjeados e tranquilizados. Ele chegou mesmo a convencê-los que na cultura africana legítima, "nós realmente não devemos ser enterrados em caixões".

Ganhou confiança quando viu que os polícias concordavam e continuou, explicando que o negócio de venda de caixões era uma extensão do capitalismo, um esquema para gerar dinheiro.

"Agora mesmo, meus irmãos, vocês estavam no meio de um tiroteio com os donos dessas casas funerárias que fazem uma fortuna vendendo caixões e que depois vêm aqui desenterrar esses mesmos caixões para revendê-los". Os polícias murmuravam concordando.

Coincidentemente, dois dos três polícias tinham o mesmo apelido de Cleanman. Ao saber disso, Cleanman começou a cantar uma canção de louvor do clã Ndlovu, entoando todos os *izithakazelo*, os nomes de louvor dos Ndlovus — *Oboya benyathi, oGatsheni* —, o que causou uma grande impressão nos homens. Naturalmente, ele deu a eles o seu verdadeiro nome Ndebele, Nkosana Ndlovu, em vez de Cleanman. Do contrário, saberiam rapidamente que ele era de Zimbábue. Se perceberam algo no seu sotaque, devem ter atribuído às zonas rurais de KwaZulu.

Cleanman tirou a garrafinha de vodca que tinha no bolso. Tomou um gole e ofereceu aos polícias. Mvelo sabia que ele já havia conquistado a simpatia dos agentes, mas achou que ele estava a exagerar um pouco quando pediu que lhe ajudassem a realizar o último desejo de Zola, auxiliando-o na conclusão do trabalho. Ficou surpresa quando um dos polícias foi até a casa do coveiro e voltou de lá carregando três pás. O trabalho demorou apenas uma hora para ser concluído.

O humilde caixão onde Zola fora enterrada foi destapado. Houve um silêncio. Cleanman olhou para Mvelo e disse, "Minha jovem, é melhor ires dar uma volta. Não quero que vejas isso. Confia em mim, vou enrolar a tua mãe nesse cobertor e mandá-la de volta para Deus", Mvelo ficou aliviada, porque não queria assistir.

A lua estava alta e as estrelas brilhavam. Mvelo estava em paz consigo mesma e sentiu que o que acabara de acontecer tinha tido o dedo de Zola.

Quando o trabalho terminou, Cleanman chamou-a de volta. "Vocês nunca nos viram, nós nunca vos vimos. O que se passou aqui nunca aconteceu", disse o polícia que não pertencia ao clã Ndlovu, lançando um olhar austero para Mvelo.

"O que aconteceu aqui?", perguntou Cleanman. Os outros dois começaram a rir. Então, trocaram apertos de mãos e foram embora.

Mvelo e Cleanman sentaram-se no monte sobre o túmulo de Zola, onde ela estava agora enrolada num cobertor, e fizeram uma última prece.

Ao alvorecer, voltaram para a casa, ambos absortos em seus próprios pensamentos. O bebé chutava na sua barriga, lembrando-a da batalha que estava por vir. Talvez por toda a agitação de ter de cavar a sepultura da sua mãe, sentiu na noite seguinte uma dor que a fez deambular pelos quatro cantos da palhota solitária até o amanhecer.

Quando Cleanman foi ver como ela estava de manhã, não precisou perguntar. Podia ver as suas lágrimas. Saiu a correr para buscar o carrinho de mão, colocou-a em cima dele e foi até uma paragem de chapas. Mas foi uma carrinha da polícia que patrulhava a vizinhança que acabou levando-a ao Hospital King Edward. As sirenes soaram por todo o caminho, do bairro até a François Road. Nada como mostrar a um homem adulto uma mulher grávida prestes a dar à luz, sem ninguém por perto para ajudá-la para vê-lo assustado.

Cleanman estava a tremer e não conseguia falar. O polícia que conduzia a carrinha colocou todo o seu peso no acelerador, e o veículo passou voando pelos sinais vermelhos.

O bebé era a última coisa que Mvelo queria, mas ele veio, e sua presença foi sentida. Depois dos ensurdecedores gritos de dor de Mvelo, Sabekile veio ao mundo para abrir seu próprio berreiro.

Mvelo soube naquele momento que ela tinha herdado os seus pulmões. A enfermeira puxou as perninhas que chutavam e, com uma mão, colocou o corpo viscoso dela de cabeça para baixo por um instante e então meteu o seu dedo roliço na boca de Sabekile para tirar o que havia lá dentro.

Mvelo olhou para o cordão umbilical que parecia uma cobra que ligava o bebé a ela. As sórdidas memórias daquele dia na igreja voltaram a atormentá-la. Tentou não olhar para o bebé, com a vida a fervilhar-lhe nos poros, coberto por muco branco e pelo sangue de Mvelo. A enfermeira cortou o cordão e envolveu a criança num cobertor. Mvelo caiu no sono, exausta e aliviada pelo bebé ter deixado o seu corpo.

Acordou em pânico, pensando no que iria fazer com sua filha, pois estava determinada a não sujeitá-la à vida no bairro. Então, lembrou-se do sonho que teve quando a mãe morreu e se acalmou. Tudo iria dar certo.

No dia em que a informaram que deveria deixar o hospital com o bebé, Mvelo foi a Manor Gardens e deixou Sabekile na porta da frente de uma casa sem muros.

Pelo menos lá ela sabia que Sabekile teria uma chance de vencer.

Tinha escolhido esta casa porque os donos nunca a enxotavam quando ela vinha procurar por sucata. Era a única casa que tinha visto em Manor Gardens sem um muro alto. Era vulnerável e ao mesmo tempo protegida, pois os *tsotsis* achavam que havia algo invisível e ainda mais perigoso vigiando o lugar. Assim, não se arriscavam.

"Ok, Deus", ela disse, desafiando-o furiosamente enquanto se ia embora, "se estás aí, tem uma criança aqui que precisa de uma casa onde possa crescer sem passar fome e onde possa ser amada. Se não puderes dar isso, então deixa que ela morra. Se me deres só isso, eu nunca mais vou pedir nada". E, assim, desejou ao seu bebé uma vida feliz e que encontrasse pessoas bondosas no seu caminho.

Ela tinha batizado a criança Sabekile, que significa "Assustadora", porque conheceu o medo no dia em que um homem de Deus lançou-se sobre seu corpo em estado de choque. Sentira como se uma mão gelada apertasse seu coração, uma mão que a deixou a tremer. Foi um tremor que a deixou com raiva, que a tornou inconsequente. Mas quem não tem nada a perder tem a chance de disputar um braço de ferro com Deus — e quem sabe, até vencer.

CAPÍTULO 5

Quando era jovem, Zola era uma estrela em ascensão na Hope School, situada no Vale das Mil Colinas. Corria como um raio, e a escola exibia com orgulho os troféus que provavam as suas conquistas. O seu nome era Nokuzola, mas os espectadores nas competições deram-lhe o diminutivo de Zola — gritavam "Zo-la! Zo-la! Zo-la!" quando ela se aproximava da meta —, como Zola Budd, a corredora sul-africana que competira nas Olimpíadas.

Nokuzola não tinha dinheiro para sapatilhas de corrida e, como a outra Zola, adorava sentir o chão nos seus pés. Criou uma relação com a relva, a terra ou o asfalto, onde quer que estivesse a competir. Os seus pés falavam com o chão. Adorava sentir o coração a bater mais rápido pouco antes do apito que sinalizava a largada para ela e as outras concorrentes.

As corridas de cavalos foram sua primeira paixão. Adorava ver os cavalos a correr, e seu maior desejo era ser um daqueles homenzinhos agachados sobre os majestosos animais para conduzi-los numa disputa contra o próprio vento. Nunca teve a oportunidade de estar perto de um cavalo. Assim, escolheu a segunda melhor coisa que havia: correr como eles. Fingia ser mais rápida que o animal mais veloz na corrida. Seu coração pulsava e a adrenalina saltava nas suas veias quando disparava da largada até a meta, enquanto se sentia leve como uma pena. Ao ouvir os gritos que ecoavam, tudo ficava em câmara lenta na sua mente. Sentia o vento passar pelo seu corpo, e uma sensação de paz envolvia-a quando se aproximava da vitória.

Um dia, a sua tia rebelde Skwiza veio visitá-la. Contou que tinha ganhado uma bolada ao apostar num cavalo chamado Sweet Apples. Depois disso, Zola pensava em Sweet Apples sempre que corria.

Zola era o orgulho da sua mãe, mas seu pai não estava nada contente. Não queria ver a filha usando aqueles calçõezinhos de corrida, que, segundo ele, mais pareciam calcinhas. "Isso aí expõe o corpo dela pra todo mundo, inclusive tarados, maSosibo, e ela está a crescer", reclamava.

MaSosibo fazia-lhe então um apelo: "Só mais um ano, Baba, e aí ela para. Eu prometo".

Ele concordava relutante. Em segredo, tinha orgulho da filha. Achava que ela corria como um animal selvagem.

Zola ignorava boa parte da atenção que recebia, mas se sentiu forçada a notar a presença de Sporo Hadebe. Ele era estranhamente escuro, com um maxilar forte e um sorriso que iluminava seu rosto. Era também o jogador de futebol mais popular da escola. Mas foi seu cheiro único que fez com que ela o notasse. Era um cheiro desconcertante, que não era perfume nem suor do treino, mas que só emanava dele. Ela sabia quando ele se aproximava antes de vê-lo aparecer pelos cantos, ou quando ele entrava na sala de aula. O novo interesse que ela sentia por Sporo levou-a ao jogo de futebol para vê-lo jogar.

Os olhos de Zola percorriam-lhe o corpo dele, analisando parte por parte. Observava as barrigas das suas pernas perfeitamente torneadas e a sua perna direita, levemente torta na altura do joelho, o que lhe dava um modo de correr distinto. Os músculos das suas coxas destacavam-se como nas fotos do livro de biologia. Quando os moços tiravam as camisetes depois do treino, ela observava como cada músculo do seu abdômen estava trabalhado, sem um grama de gordura à mostra. Seus braços eram fortes e, quando sorria, covinhas apareciam nas suas bochechas. Poderia o moço ser mais belo e não se dar conta como ele? Tentava não fixar o olhar nele, mas fracassava redondamente.

No início, Zola achou que estava a sonhar quando Sporo a paquerou. Ele não era apenas esperto e decidido, era também inteligente na sala de aula e engraçado. Mas, apesar de tudo isso, não era arrogante. Zola prometera a si mesma que não iria se meter com rapazes, já que seria questão de vida ou morte se o pai severo descobrisse. Mas com Sporo ela não conseguiu. Havia nela um sentimento de urgência.

Eles conversavam depois das aulas de educação física e nas excursões que a escola fazia durante as competições desportivas. Ela até começou a acompanhar futebol, o que deixou seu pai contente e intrigado. Formavam um par e tanto, Zola e Sporo. Os invejosos olhavam os dois com desdém, enquanto outros admiravam abertamente o casal. Tornaram-se inseparáveis, e havia algo de muito doce quando os dois estavam juntos. Até mesmo os professores desviavam o olhar daquele romance que desabrochava, em vez de repreendê-los como normalmente faziam. "Parecem suficientemente maduros para serem responsáveis", disse Pearl, a professora de educação para a vida, que se interessava na vida dos seus alunos.

"Se você pensa assim... só não se esqueça de que eles são adolescentes com as hormonas à flor da pele", disse o Sr. Zondo, professor de inglês, que fazia objeção principalmente por ele próprio não conseguir parar de pensar em Zola. A ideia de vê-la com outra pessoa transformava-o num colegial ciumento. O Sr. Zondo sentava-se à janela e a olhava durante a hora do lanche. Odiava ver a forma como ela ria das piadas de

Sporo. Por mais que adorasse futebol, começou a odiar o jeito tranquilo de Sporo. Detestava como Sporo colocava o braço em volta dos ombros de Zola, a maneira como olhava para ela, as confidências que eles obviamente compartilhavam. Ele soube o dia em que Zola perdeu a virgindade para Sporo.

Ela começou a descambar. Deixou de fazer o T.P.C. e passou a correr mais devagar, inicialmente pouco a pouco, até que desmaiou no campo. O Sr. Zondo quis gritar como alguém que havia passado por uma desilusão amorosa. "Sabe, pensando melhor agora, não é nem que eu estivesse apaixonado pela moça. Uma parte de mim queria que ela fosse preservada, queria evitar que a machucassem", ele confessou a Pearl, paralisada pelo choque.

Zola já havia confessado seus medos mais íntimos a Pearl, que a havia escutado com um misto de compaixão e alívio. Ela estava de olho no Sr. Zondo, que parecia estar de olho em Zola, que só tinha olhos para Sporo. Pearl ficou aliviada ao ouvir que a moça não tinha nenhum interesse no Sr. Zondo. Mas ficou estarrecida ao saber que ela poderia estar grávida das suas relações com Sporo, e que o seu pai certamente a mataria.

Isso significava que o Sr. Zondo ficaria com Pearl, assim que ele descobrisse que a moça não tinha nenhum interesse por ele. Ela comprou um teste de gravidez e pediu para Zola urinar no bastão. A linha determinaria se ela estava grávida ou não.

Pearl consolou a garota da melhor forma que pôde quando uma linha rosa apareceu no bastão. Zola chorou até não ter mais lágrimas. Pearl falou palavras maternais: "Pronto, pronto, Zola, não é o fim do mundo. Vai superar este momento difícil. Queres que eu fale com a tua mãe ou preferes contar pra ela?".

Esta pergunta fez jorrar ainda mais lágrimas dos olhos de Zola. Ela sentiu a ferroada das novas realidades que precisaria encarar. Não sabia como enfrentaria os pais. "Não, não, não, eu mesma vou contar pra eles", disse a Pearl.

Mas primeiro, ela precisaria contar a Sporo, e eles decidiriam o que fazer. O pensamento de tê-lo a seu lado deu esperança a ela. Não estaria sozinha. Aquilo deu-lhe a força que precisava para suportar o fim de semana em casa.

Na segunda-feira, durante a hora do almoço, ela e Sporo sentaram-se na sombra da árvore onde sempre ficavam. Ela estava mais quieta do que o habitual. Sporo sentiu-se confuso, mas manteve seu jeito tranquilo de ser.

"Sporo, sexta-feira eu desmaiei no treino", disse final- mente. "Eu e a professora Pearl conversamos sobre nós dois. Tu sabes, o que nós fizemos". Ela parou e procurou o rosto dele com o olhar.

E ele apenas sorriu e assentiu com um gesto.

"Bom, fizemos um teste, Sporo. O teste confirmou que eu estou grávida". Ela olhou-o atentamente, tentando ler a sua reacção.

Novamente, houve apenas um sorriso e, com ele, uma nova onda de pânico.

"Sporo, eu não estou a brincar. Meu pai vai me matar, e provavelmente vai matar a ti também", a sua voz estava trêmula.

"Ele não vai. Tu és filha dele. Ele vai se acalmar com o tempo. Vais ver. E, se o bebé for menino, vai ser um jogador de futebol. Se for menina, vai ser linda como tu". A resposta dele não surpreendeu Zola, mas em nada aliviou sua ansiedade.

Ele era o tipo de moço que não ficava abalado com nada. Nem mesmo a justiça furiosa do pai de Zola era capaz de assustá-lo. "Olha, eu posso sair da escola e arranjar um trabalho pra te sustentar. Vou pedir para os meus pais falarem com o teus. Se eles te mandarem embora de casa, Zola, eu vou ficar muito feliz se vieres morar connosco". Estava a começar a ficar entusiasmado demais com seus planos complicados.

"Espera", disse Zola, tomando fôlego. "Eu ainda não falei nada para os meus pais. Estamos perto das provas finais. Meu plano é deixar pra contar a eles o mais tarde possível. Talvez eu espere até eles me enfrentarem, porque eu não consigo fazer isso".

Por fim, decidiram ir levando um dia de cada vez. Em seguida, almoçaram em silêncio.

Quando 1990 findou, com o relógio a marcar a meia-noite, fogos de artifício iluminaram o céu. Dos townships às aldeias, ouviam-se gritos de exaltação e o envio de preces aos céus. O que havia de mais importante na mente de muitos era a promessa de um novo ano.

Ao longo da praia, na Golden Mile de Durban, a cerveja corria solta, e os farristas seguiam pelas nuvens de fumaça da carne assada, intoxicados pela esperança de dias melhores.

Até os mais agarrados eram estimulados a gastar à vontade. Para a alegria das crianças, havia doces e bolos em abundância.

Em meio a essa festa toda, Zola, com náuseas, sentia o aperto da culpa e do medo. Sentia-se sozinha. Trancou-se dentro de uma casa de banho minúscula em casa, vomitou até perder o fôlego e caiu num pranto inconsolável. Tinha perdido a inocência aos dezasseis anos. "Teu pai vai te matar antes de permitir que dês à luz com essa idade", ameaçava uma voz dentro dela.

O génio do seu pai era lendário. Não era à toa que

ele era conhecido como Pimenta, o tempero mais forte de Durban, a terra do caril capaz de incendiar o rabo de qualquer um.

Zola entrou no ano novo nesta tristeza solitária, mas manteve as aparências diante dos pais. Mesmo quando tentava esquecer, a curva na barriga que continuava a crescer causava-lhe tanta preocupação que a deixava doente. Ela começou a usar jeques, camisetes e calças com elástico na cintura, em números maiores que o seu. As roupas não levantaram suspeitas, já que tanto o pai como a mãe a incentivavam a esconder o corpo dos predadores atrevidos.

Seu corpo cresceu, enchendo-se para acomodar a vida que crescia dentro dela. MaSosibo lutou contra sua intuição feminina. Tentou aceitar a ideia de que o corpo da filha estava apenas a mudar, deixando de ser o corpo de uma menina para ser o corpo de uma mulher. Mas a crença nas próprias mentiras tem o poder de deixar qualquer pessoa doente. Ela perdia o sono agonizando com os pensamentos de algo que já sabia, mas que não queria admitir. MaSosibo acordava noite após noite suando frio.

CAPÍTULO 6

A vida no township de Mkhumbane, em Durban, fervilhava com uma esperança renovada, e as barracas faturavam mais dinheiro do que nunca. Os clientes assíduos estavam de alto-astral com a promessa de ganhos financeiros iminentes. Aqueles que tinham uma imaginação fértil falavam em mansões com empregados, frotas de carros e viagens a países que conheciam apenas de nome.

Uma bebida fermentada de ananás, junto com a *isqatha*, a cerveja caseira letal que às vezes tinha até ácido de bateria, embalava os sonhos de uma nova terra de leite e mel que estava por vir. Sob uma nuvem de inebriante fumaça de soruma, os clientes ficavam do meio da manhã até ao pôr do sol bebendo e sonhando com uma vida na qual versões mais ricas das suas personagens atingiriam o sucesso.

Skwiza, tia de Zola e dona de várias barracas em Mkhumbane, olhava com satisfação enquanto seus clientes assíduos torravam os modestos salários que ganhavam fazendo serviços de jardinagem nos bairros abastados para beber e abastecer seus sonhos. Como várias mulheres da sua família, Skwiza era alta. Além disso, tinha seios grandes, que lhe causavam problemas de coluna, fazendo com que caminhasse encurvada.

Essa inclinação acentuava ainda mais suas nádegas. Seus cambitos tortos sustentavam a carga pesada dos seus dois metros de altura. Sua estatura era ao mesmo tempo cómica e intimidante. Era muito calorosa quando via a cor do dinheiro e assustadoramente fria quando os clientes não conseguiam pagar suas dívidas.

Era o oposto da mãe de Zola, que era uma matrona para suas crianças e uma serva submissa para seu marido autoritário. Zola amava a tia e demonstrava grande admiração por ela nas raras oportunidades que tinham de visitá-la.

O sentimento era recíproco. Skwiza amava Zola porque era bela e jovem, lembrando-lhe ela própria quando tinha a idade de Zola. Gente jovem deixava Skwiza animada.

Para Zola, era óbvio que, assim que seu segredo fosse revelado, buscaria abrigo na sua tia. Skwiza era a única mulher que enfrentava o seu pai. Na verdade, de salto alto, a altura dela dominava-o. Pimenta não gostava de Skwiza por isso. Estava claro que havia algo nela que o perturbava, e ele não queria a sua família perto dessa mulher.

Quando recomeçaram as aulas, faltavam três meses para Zola dar à luz. Seus músculos já não estavam mais tonificados e bem definidos. Estava mais roliça, mas o olhar inexperiente dos jovens não desconfiou de nada. No entanto, o professor Zondo e Pearl, sabiam o que estava a acontecer debaixo do uniforme. Zola não participava mais nos treinos, embora ficasse sentada a assistir. Isso deixou o treinador furioso, mas ele atribuiu a teimosia de Zola à inconstância típica dos adolescentes. "Ela estava a ficar mais lenta mesmo. Uma nova Zola Budd vai surgir neste novo grupo. Quem viver, verá". O treinador era sempre o mais optimista.

Sporo começou a se distrair nos jogos após o início do novo ano lectivo. Não conseguia parar de se preocupar com o segredo que ele e Zola guardavam. Queria contar aos pais, mas sabia que eles iriam imediatamente à casa de Zola para relatar o ocorrido. Assim, tornou-se cúmplice dela.

Com Zola no pensamento, Sporo não viu o chapa á alta velocidade ao atravessar a rua, quando voltava do treino com a equipa. Os gritos vieram tarde demais, e tudo ficou branco. Sporo e outros dois colegas da equipa foram atropelados pelo chapa em disparada. A imagem de Zola com um bebé nos braços foi a última que viu antes de se render.

Os seus músculos se relaxaram, e a bola suja de sangue rolou para longe dele. O treinador abaixou-se e gritou "Sporo, Sporo!". Seus olhos estavam abertos, mas não registaram a presença do treinador que, perplexo, gritava e praguejava segurando a cabeça de Sporo. Alguns miúdos correram até a escola para avisar a direcção, enquanto outros começaram a atirar pedras contra o chapa. O motorista estava fora de si. Corria para apanhar um grupo de pessoas que pagariam directamente a ele, em vez de ao dono do chapa.

Quando Zola viu os miúdos manchados de sangue aos berros, indo na direção da sua turma, água começou a sair do seu corpo, correndo pelas pernas abaixo. No início, quando sentiu o calor do líquido, achou que urinava. Mas a água não parou de sair. Ela levantou-se, com os olhos arregalados de pavor. Com apenas um olhar, a professora Pearl viu que ela não podia esperar. Pearl foi ao encontro dos miúdos na porta e gritou pelo Sr. Zondo, pedindo para que ajudasse a levar Zola ao hospital — o mais próximo era Marianhill.

Os miúdos deixaram escapar a terrível notícia do acidente e instaurou-se um pandemónio.

O Sr. Zondo assumiu o volante e pisou no acelerador, enquanto Pearl segurava Zola no banco de trás. Foram obrigados a parar e a fazer o parto em pleno carro, pois Zola não podia esperar. Ela tinha escutado o que os garotos falaram, e o seu corpo queria que o bebé saísse. Sporo se fora. O seu porto seguro não existia mais. Agora, seria apenas ela e este bebé.

Pearl e o Sr. Zondo resolveram levar a jovem mãe e o bebé para uma clínica em Pinetown, subúrbio de Durban. Quando chegaram lá, foram mandados para a maternidade do Hospital King Edward. Ela tinha sangrado muito.

A notícia de que Zola havia dado à luz não surpreendeu maSosibo. Ela ficou aliviada e animada em segredo. Naturalmente, fingiu estar tão surpresa quanto o marido, que ficou petrificado. A única coisa que disse foi: "Eu não tenho mais filha. Ela e essa criança bastarda não são mais bem-vindas nesta casa. Ela só nos trouxe vergonha".

Suas palavras deixaram maSosibo sem forças para discutir. No dia seguinte, ela saiu escondida para visitar Zola no hospital, enquanto o marido estava no serviço. Zola estava de luto pela morte de Sporo e preocupada com o bebé. Como o pai, estava petrificada. Permaneceu em silêncio, enquanto um milhão de pensamentos passavam pela sua mente, todos sobre qual seria o próximo plano.

Não ficou assustada ao ver a mãe. Simplesmente mostrou-lhe o bebé e não falou nada, excepto para dizer que se mudaria para sua tia Skwiza em Mkhumbane. Sua mãe fez uma leve objecção, mas sabia que era a única alternativa.

Zola pediu desculpas por tê-la envergonhado e pediu para que passasse a mensagem ao seu pai. Abraçaram-se e choraram antes de maSosibo beijar sua neta e ir embora.

Zola lembrou do que Sporo dissera, que se o bebé fosse menina, deveria ser baptizada Nomvelo, "tão linda como tu". Suas palavras voltaram para assombrá-la. Quando Zola foi registar a bebé, preencheu o nome dela como Nomvelo Zulu e, no endereço, colocou o bar de Skwiza.

No dia em que recebeu alta, enrolou a bebé num cobertor que sua mãe havia lhe dado e partiu rumo a Mkhumbane para uma vida nova na barraca da tia Skwiza, que recebeu Zola e Mvelo de braços abertos.

Nada era de graça para Skwiza. Zola teve de trabalhar para ganhar a vida. Ajudava na fermentação do ananás e do pão para a bebida caseira, fazia as limpezas e qualquer outra coisa que Skwiza pedisse. Mas, por mais que fizesse Zola pegar trabalhar duro, Skwiza cuidava para que ela e o bebê fossem bem tratados. Secretamente, Skwiza agradecia pela oportunidade de poder viver com uma família de verdade, com laços de sangue.

Em Mkhumbane, Zola encerrou o capítulo da sua juventude. Não foi ao funeral de Sporo. Ocasionalmente tinha notícias da sua mãe, que tinha sido proibida de manter contacto com a filha. Zola não tentou voltar à escola ou contactar a família de Sporo. Concentrou-se simplesmente no seu bebé e no seu trabalho no bar.

Ela não era de prestar atenção aos homens. Sporo fora especial, mas os homens da barraca não lhe interessavam. O vício que tinham pelo álcool parecia uma fraqueza. Ela observava-os de longe, e eles pareciam sentir que ela não era alguém com quem deveriam tentar a sorte. Era fria e indiferente às palhaçadas deles.

Mvelo cresceu em meio ao caos do bar. Tinha quatro anos quando o povo foi às urnas votar pela primeira vez.

Houve muita alegria e música ao seu redor. Ela bateu palmas com suas mãozinhas e dançou com todos.

Era uma criança adorável, mimada por Skwiza e pelos clientes, que lhe ofereciam guloseimas para ganhar o afecto da Zola. Mvelo chamava Skwiza de Skwiza, como todo mundo, quando na verdade, deveria chamá-la de Gogo. Mas Skwiza ficaria arrasada. Tinha nojo do envelhecimento. "Cheira a morte", dizia ela. Assim, todos a chamavam apenas de Skwiza.

No meio de toda aquela exaltação, um dia o telefone tocou e Skwiza caiu de joelhos no chão, gritando para Deus. Os pais de Zola estavam mortos. O pai fora acusado de apoiar o partido político errado e um grupo de justiceiros derramou gasolina na casa, incendiando-a com os dois dentro. "Minha irmã se foi, Zola, ela se foi.

Ah, meu Deus". Skwiza deitou-se em posição fetal e chorou aos uivos. Assustou a pequena Mvelo, que nunca a tinha visto assim.

Zola não derramou lágrimas e ficou anestesiada por dentro. A igreja tomou conta do velório e do enterro. Não queriam reconhecer Zola e a filha, para o caso de ela querer reivindicar uma herança. A pensão e as economias do pai, que deveriam pagar pela faculdade de Zola, foram deixadas para a igreja como única beneficiária. Ela não contestou e também dissuadiu Skwiza de reclamar. Os acontecimentos tornaram Skwiza e Zola mais próximas do que antes. Zola e Mvelo eram os únicos laços de sangue que restavam à sua tia.

Os negócios estavam em plena expansão no bar de Skwiza. Embora a classe média negra que emergia estivesse de partida para os subúrbios, as pessoas visitavam a barraca de Skwiza nos dias de semana em busca de cerveja, carne e do sabor do township.

No meio a esse êxodo dos townships para os subúrbios, um advogado chamado Sipho Mdletshe se recusava a sair. Era o cliente favorito de Skwiza porque não só pagava a sua própria bebida, mas também pagava rodadas para outros, que se agarravam a ele como abelhas ao mel.

Skwiza tinha orgulho dele, pois Sipho conhecia

estruturas que tinham grande prestígio na comunidade, ainda que seus amigos fossem os clientes do bar em Mkhumbane. Era uma medida de auto-protecção premeditada da sua parte. Tornou-se próximo daqueles que estavam em situação social inferior à sua, porque assim não poderiam lhe fazer mal. Pelo contrário, tinham Sipho como exemplo.

Enquanto seus colegas dirigiam-se para os abastados subúrbios de Mount Edgecombe e Umhlanga em sofisticadas carranhas e descapotáveis, ele se deslocava do seu luxuoso escritório com vista para o porto de Durban para uma casa modesta em Mkhumbane.

Seus colegas chamavam o lugar onde ele morava de Cato Manor, mas ele recordava-lhes que George Christopher Cato foi um safado nascido na Inglaterra, provavelmente um pária no seu país de origem, que veio tentar a sorte na terra dos indígenas ingênuos. Foram tão crédulos que deixaram uma parte da sua própria terra ser baptizada com o seu nome, chamando-lhe sua posse. "A audácia desses colonos é de deixar-nos de queixo caído", Sipho dizia, afirmando estar muito contente em uMkhumbane, uma antiga e vibrante comunidade baptizada com o nome de um riachinho que corria pelo distrito histórico, deixando claro que aquele assunto estava encerrado.

Ele ia ao bar todas as noites, trazendo *umngenan-*

dlini, presentes para a pequena Mvelo e para Zola. Na maioria das vezes, chocolates para Mvelo, que ele às vezes dava escondido porque Zola não gostava que a filha comesse doces demais. Zola ganhava frutas e biscoitos chamados Oreo. Seus presentes na realidade guardavam as expectativas de ganhar o afecto de Zola, e Mvelo ficou apegada a ele. Ela chamava-lhe *babayi*, tomando-o por seu pai.

Ele tinha um jeito tranquilo que fazia Zola se lembrar do Sporo, mas ela lutava com todas as forças contra esses sentimentos. Tinha fama de conquistador, mulherengo, e não escondia isso de ninguém. Era alto, mas gostava de todo tipo de mulher, altas e baixinhas, gordas e magras, jovens e velhas, negras e brancas. Elas vinham a ele aos montes. Isso facilitou que Zola o rejeitasse, pois ela não estava interessada em dividi-lo com ninguém.

Sipho vinha tentando passar um ar desinteressado para cativar Zola, mas começava a achar que isso não iria funcionar. Era algo novo para ele: sentir-se tão perdido diante daquela mulher que mais parecia uma rocha. Havia tentado persuadi-la oferecendo-lhe presentes, sendo amável com sua filha e até ignorando-a. Mas nada disso parecia funcionar.

No início, sentiu-se muito triste por ela, que aparentava estar assombrada por uma mágoa tão grande que a fazia deixar de viver. Ele observava-a a trabalhar no bar da Skwiza, limpando as mesas com um jeito distante, como se estivesse sozinha no meio da multidão ruidosa. Observou seus músculos trabalhados de tanto levantar caixas de cerveja.

"Esquece isso, meu irmão. Essa aí vai ficar para os anjos", disse o seu irmão que andava sempre grosso. "Deve ter-se magoado a valer. Está fora de circulação, não está à venda, ao contrário dessas interesseiras que andam contigo só por causa do teu dinheiro".

Sipho riu dele. Falou que todos queremos ser amados. "Ah, pode ficar tranquilo. Ela vai ser amada", pausou, enfaticamente. "Por mim", anunciou. E os dois gargalharam e continuaram a beber.

Quando o relógio marcou a meia-noite e o ano de 1994 chegou ao fim, Zola bebeu uma garrafa de cidra com esperança renovada e sentiu a tontura bater. Foi arrebatada pelo espírito de celebrar a nova democracia e queria encerrar um capítulo extremamente doloroso da sua vida. O ano novo prometia, já que observava a sua filha de quatro anos a crescer para se tornar uma princesinha atrevida com a atitude tranquila do seu falecido pai. Zola sentiu orgulho por ter, pelo menos, realizado isso nos seus vinte anos de vida.

Alegre com o efeito da bebida, ela riu e dançou com Mvelo. Sipho não conseguia acreditar no que estava a ver. Sabia que, se alguma vez tivesse chance com ela, seria agora. Ele se intrometeu e ofereceu a sua mão a Zola, implorando com os olhos. Mvelo empurrou a mãe, fazendo-a cair nos braços de Sipho. A música ficou mais lenta, sinalizando a deixa para Sipho. O irmão bêbado olhava boquiaberto, incrédulo e com inveja.

E, naquele momento, os quatro anos de flerte entre Sipho e Zola viraram um relacionamento. Mas havia uma rígida condição da parte de Zola. "Não vou dividir-te com ninguém. Se isso for um problema pra ti, fala agora e ficamos por aqui".

Sipho ficou quieto. Apreciava tanto o momento que não queria pensar nessa questão de "tudo ou nada". Alguns instantes tensos e silenciosos se passaram antes que ele desse a sua resposta. "O que eu sei, com certeza, é que eu não quero te perder. Vou fazer o que for possível para ser fiel, mas, se eu não conseguir manter a minha promessa, vou ser sincero e assumir". Ao dizer essas palavras, sentiu algo apertar em sua garganta.

Quando contou aos seus amigos sobre como aquela moça era diferente de qualquer moça que ele tinha namorado, como ele se sentia desgraçado e ao mesmo tempo indescritivelmente feliz, como não conseguia parar de pensar nela e na sua adorável filhinha, disseram todos a mesma coisa: "Talvez estejas apaixonado pela primeira vez em trinta e seis anos". Então, sentiu um pânico ainda maior. Ele andava distraído e não conseguia se manter concentrado por muito tempo sem recordar as piadas secas e inteligentes de Zola.

Um dia, ele foi ao bar e pediu a bênção de Skwiza para que pudesse levar Zola e Mvelo para morar com ele. Ela abraçou-o e riu satisfeita. Para ela, Zola não poderia ter escolhido homem melhor. Além da óbvia vantagem de ter Sipho, o advogado, como seu genro, caso viessem a se casar, ela queria de verdade que Zola encontrasse a felicidade. O amor já a havia transformado em flor que desabrochava tranquilamente. Sipho trouxera uma música curta e alegre para os lábios de Zola. Qualquer pessoa com ouvido musical podia perceber que havia um talento adormecido dentro dela. Até agora, Mvelo havia sido a única pessoa a fazê-la abrir-se para um amor que não poderia continuar na indiferença.

Zola ficou confusa quando Sipho propôs que ela e Mvelo fossem para casa dele. "Mas nós já estamos em casa", ela disse.

"Não, estou a falar em vires para casa comigo. Tu e Mvelo devem ficar comigo. Por favor, diz que vais morar comigo".

"Eu já pedi a bênção à tua tia", ele assegurou, "e ela disse sim. Por favor, diz que sim. Tens de ficar comigo".

Assim, Zola aceitou, mas precisava falar com Mvelo antes.

Novamente, Sipho havia se adiantado. Ele tinha perguntado à princesinha o que ela achava do combinado, e Mvelo respondeu pulando para cima e para baixo.

Assim, mudaram-se para a casa dele, que não ficava muito longe do bar, e Zola passou bons momentos. Ao se lembrar de como era ter uma vida em família, Zola se dedicou à criação de um lar para Mvelo e Sipho.

Demorou muito até que Sipho ganhasse coragem para apresentá-la à sua mãe possessiva e dominadora, que morava na zona rural de eMpendle. No fundo da sua mente, sabia que era uma má ideia, mas Zola queria, e ele desejava fazê-la feliz. Desde que havia perdido a sua família, passou a ansiar por um sentimento de afecto. Sentia falta da sua mãe e achou que talvez a mãe de Sipho pudesse preencher aquele vazio com o tempo.

"Não sirvo para me apresentares á tua família?", perguntou a ele, num momento em que Sipho desconversava o assunto mais uma vez. Finalmente, ele cedeu, e ambos fizeram as malas para passar o fim de semana no campo.

Ao ver Mvelo, que Sipho apresentou como a filha de Zola, tudo estava acabado antes mesmo de começar. A mãe de Sipho olhou mesmo nos olhos de Zola e resistiu aos encantos da pequena Mvelo. Ela chamou o filho para um canto e ralhou com ele. "Até quando vais trazer essas moças imprestáveis para a casa do teu pai? Essa moça é só ossos. Olha para ela, só tem músculo, é como um homem.

O rabo dela é uma tábua de passar roupa. Sem contar que teve uma filha com outro homem. Ela é de segunda mão, Sipho, *isekeni*. Consegues melhor do que isso". Sipho se mostrou resoluto e aguentou no peito, sem saber que Zola tinha escutado a conversa.

Zola refez as malas e pediu para voltar imediatamente. "Eu ouvi tudo, Sipho. Desculpa por ter insistido para vir aqui. Eu estava errada. Vou poupar a tua mãe ao fingimento". Ela ficou surpresa de ver o quanto era doloroso ser rejeitada por esta mulher que nunca havia encontrado antes. A próxima vez que veria a mãe de Sipho seria anos depois, e em circunstâncias muito diferentes.

A viagem de regresso a casa foi bastante silenciosa. As lágrimas dançavam perigosamente nos olhos de Zola, prestes a caírem sobre as maçãs do rosto. Sipho conduziu com uma mão no volante, segurando a mão dela com a outra.

Mvelo foi sentada no banco de trás, bastante quieta. Ela sabia que havia algo errado.

Da mesma forma que uma espinha pode se tornar uma ferida aberta, começaram a surgir problemas na alegre casa onde moravam. Sipho passou a trabalhar até tarde, voltando para casa às escondidas na calada da noite. Quando estava em casa, os jantares eram tensos e já não tinham os risos e as histórias do seu dia no escritório. Como uma tartaruga, Zola recolheu-se dentro dela própria e voltou a ser triste.

Mvelo esforçou-se para manter a família entretida, mas não adiantou. Havia um clima frio na casa, e ela se irritou, principalmente com a mãe. "Por que ela não consegue ser feliz?", ela perguntava a si mesma. A tristeza de Zola contagiava. Infiltrava-se por toda parte e mantinha Sipho longe no escritório ou no bar.

Zola teve a sensação de que começava a perdê-lo. Sentiu raiva dele por não a ter defendido diante da mãe, e raiva de si mesma por não conseguir mantê-lo interessado. Uma onda de pânico a arrastava cada vez que pensava em seu futuro sem Sipho.

Lutava para conter as lágrimas ardentes quando olhava para Mvelo. O que vai acontecer com esta criança? Ela sabia que não poderia ficar com Sipho se ele começasse a dormir com outras mulheres. Conversas sobre o vírus mortal do HIV causavam-lhe arrepios. Jurou a si que não deixaria Mvelo sozinha se contraísse a doença.

Mas sua pior batalha era consigo mesma e, por mais que Sipho tentasse manter a família unida, ela afastava-o. Preocupava-se e entrava em pânico com os pensamentos de que ele não estava sendo sincero com ela e que iria contrair a doença. Assim, recusava suas investidas. Ela exigia exames e insistia em usar camisinha. As regras apertavam o nó no pescoço de Sipho, até que um dia ele acordou sufocado, sem conseguir se lembrar por que estava com essa mulher. Não sabia como dizer a ela, e sua ligação com Mvelo tornava isso ainda mais difícil.

CAPÍTULO 7

Sipho amava Zola. Durante seis anos, ficou somente com ela. Mas aquilo havia se tornado complicado demais para ele. As mulheres amavam-no e ele amava as mulheres. "É que isso não é natural para mim", disse a Zola.

Ela tentou fazer vista grossa, até que um dia ele chegou em casa trazendo um grupo de advogados do trabalho que vinham dos Estados Unidos. Entre os convidados, estava uma mulher muito bonita. Eles jantaram na casa de Sipho e foram até o bar para "vivenciar o township". No jantar, estava claro para Zola que o charme dele havia conquistado a mulher.

Ao contrário da maioria dos afro-americanos, Nonceba Hlathi era da etnia *Xhosa* e foi morar nos Estados Unidos com sua avó afro-americana, Mae. Seu nome foi uma surpresa para o pessoal da região. Ela parecia tão exótica que esperavam um nome de origem inglesa. Mas ela manteve-se firme em relação às suas origens e sua identidade. Deixava isso claro ao abordar Sipho frequentemente na sua língua materna. Os americanos ficavam fascinados e desatavam em ataques de risos aos ouvir os cliques característicos da língua. Sipho e ela se divertiam exibindo o idioma para os outros convidados.

A pele de Nonceba era de um tom dourado que brilhava como se o sol nela se reflectisse. As maçãs do rosto eram arredondadas, e ela tinha um olhar aguçado que não deixava nada escapar. Seu cabelo tinha tranças. Sipho sentia por ela o mesmo encanto que ela sentia por ele. Os gracejos descarados dos dois faziam com que os outros se entreolhassem com surpresa. Nunca tinham visto Nonceba flertar antes. Eles a chamavam de Rainha do Gelo pelas costas. Ficaram impressionados de vê-la balançar dessa forma, e Sipho despertou a curiosidade do grupo.

Mas Nonceba não percebia a tristeza que estava cau- sando em Zola. Sipho não havia sido sincero ao falar sobre seu relacionamento com ela. Foi ambíguo, dizendo que Zola era uma amiga próxima passando por dificuldades, e que estava cuidando dela e da filha. Da forma como se expressou, soou para Nonceba como se Zola fosse alguém que lhe ajudava em casa e que recebia o apoio de Sipho para se reerguer. O facto de Zola mostrar-se distante e fria com ele, na presença de ambos, não ajudou. Ela retirou-se para o seu quarto e jantou sozinha, enquanto a conversa seguia animada na mesa.

Zola tinha uma beleza natural, mas não tinha chance contra esta mulher. Ela sabia disso e, depois de servir o jantar e de participar numa conversa de chacha afectada, temerosamente pediu licença e foi para a cama.

Zola conseguia ouvir as risadas e as conversas inteligentes, até Sipho levar o grupo para o bar de Skwiza, que ficou animada em receber clientes dos Estados Unidos.

Foi a noite mais solitária que Zola teve desde que foi morar com Sipho. Ela sabia que aquele era o antecipado fim de seu sonho, o que fez com que chorasse até adormecer. Mvelo também estava com dificuldade em dormir, mas por outro motivo. Não conseguia parar de pensar na linda mulher da América. Jurou um dia ser tão bonita quanto ela.

Aos dez anos, Mvelo conhecia muito pouco os meandros do coração. Ainda que sua mãe estivesse arrasada, ela não estava, pois tinha certeza absoluta de que Sipho amava ambas.

O novo milénio pairava no horizonte com um novo capítulo para Zola. Quando romperam, Sipho pediu para que Zola e Mvelo se sentassem. Foi um momento tenso e solene. Ele estava emocionado. Desculpou-se por não ter conseguido manter a sua promessa. Então, declarou abertamente que sentia um tipo diferente de amor por Nonceba. Salientou que nada o impediria de ser um pai para Mvelo, e o quanto ainda amava as duas, mas que Nonceba era alguém que ele não queria perder. Os olhos de Mvelo encheram-se de lágrimas. Confusa, olhou para a sua mãe. Não conseguia acreditar na forma como ele despedaçava os seus corações. Ela amava Sipho, mas a sua mãe era o que havia de mais importante no mundo. Saiu correndo da sala e trancou-se no quarto. Sipho se sentiu derrotado. Era duro ver essa menina magoada por sua causa, mas era preciso ter uma conversa franca com Zola.

Sipho pensou no seu discurso durante dias, mas foi difícil encontrar as palavras. Começava a perceber o que estava se passando com ele. O amor que sentia por Zola era do tipo que dava segurança a ele, o amor que a maioria dos homens deseja. Escolhem uma mulher que não os desafie para que possam ter uma vida confortável e previsível. Escolhem alguém para cozinhar, cuidar do lar e satisfazer suas necessidades físicas; alguém que aceite que lhes sustentem e que irá simplesmente retribuir com amor e admiração Nonceba, pelo contrário, foi como um relâmpago na vida de Sipho. Com Zola, ele era um homem equilibrado porque estava no comando. Com Nonceba, no entanto, caminhava em um terreno mais perigoso. Disse que não quis contar mentiras a Zola por respeitá-la. Não parecia considerar que Zola poderia fazer as malas e ir embora. Em meio à febre de amor que sentia por Nonceba, simplesmente presumiu que Zola iria aceitar e continuar a viver com ele. Ele sabia que ela não tinha para onde ir, a não ser para o bar. E sabia que ela não queria ver Mvelo crescendo no meio de bêbados e depravados.

Zola podia não competir com Nonceba, mas era uma mulher que tinha seu orgulho e amava Sipho demais para dividi-lo com outra. Não perdeu tempo em colocar na mala as roupas da filha, junto com as suas. Como um recado de despedida, derramou um balde d'água na cama de Sipho e urinou nos sapatos dele. As duas voltaram para o lugar de onde haviam partido. Skwiza recebeu as duas novamente de braços abertos e com murmúrios carinhosos. Ela também não estava contente com Nonceba, a nova mulher na vida de Sipho, já que agora ele não era mais um cliente assíduo.

Nonceba era uma mulher complexa. Descendia daqueles que morreram com gritos horripilantes e maldições nas suas línguas, e daqueles que estavam em comunhão com a terra de formas que o empirismo da ciência não poderia explicar. Seu nome significava "mãe da Compaixão". Nasceu numa pequena cela em John Vorster Square. Sua mãe, Zimkitha Hlathi, estava na cadeia, mas tinha um espírito livre e contestador. Seu pai Johan Steyn, por outro lado, estava consumido pela preocupação que sentia por Zimkitha, seu amor proibido.

Agora as curvas femininas de Nonceba remetiam a mulheres como a forte e altiva rainha Ashanti, Ya Asantewa, Sojourner Truth, Nongqawuze, Ellen Khuzwayo, Lillian Ngoyi e muitas outras mulheres guerreiras do mundo. Sua força de vontade era feroz e destemida, como as aguerridas *boeremeisies* que resistiram à dominação inglesa. Dentro de si, tinha a inquietação de Ingrid Jonker e as qualidades de uma poderosa curandeira, embora não quisesse reconhecer.

Tinha o cabelo que muitas mulheres negras gastam milhares de rands para conseguir e, ainda assim, desejava ter o cabelo enroscado como algodão doce, um nariz largo e as curvas mais cheias, traços que são associados à negritude autêntica. Enquanto muitas negras a invejavam, ela as invejava.

Odiava a atenção que recebia, pois não confiava nela. Sabia que era principalmente devido à sua aparência. No entanto, tinha outras qualidades. Era intuitiva em relação àqueles que cruzavam seu caminho. Quando criança, sentia-se mal, pois o peso de todas as tristezas e chagas do mundo era demais para uma criança suportar. Os médicos americanos emitiram toda sorte de diagnósticos e receitaram-lhe comprimidos, mas, ao longo do tempo, Nonceba aprendeu a domar sua sensibilidade.

Conhecer Sipho tranquilizou-a, porque confiava que o amor que ele sentia por ela se devia ao seu verdadeiro eu, e não só pela embalagem. Podia finalmente respirar. Nonceba tinha jeito para a advocacia, pois conseguia distanciar-se da argumentação, ao mesmo tempo que calculava instintivamente o lado mais fraco e partia para o ataque.

Sipho mudou de uma forma que frustrou muitas pessoas em uMkhumbane, uma vez que não as atendia com a mesma frequência de antes. Os *tsotsis* que costumavam contar com a sua representação em tribunal, por crimes grandes e pequenos, não podiam mais contactá-lo, pois Sipho tinha começado a representar grandes empresas seguindo a sugestão de Nonceba. Pensaram em fazer uma emboscada para ela, mas sentiam que ela não estava sozinha. Sentiram que havia outras almas pairando ao seu redor. Assim, tinham calafrios sempre que se aproximavam dela.

A pessoa que menos se impressionou com Nonceba foi a mãe de Sipho. "Não gostei nem um pouco dela", disse, quando ele a levou para visitar a velha em eMpendle. "Ela me assusta. Tem algo errado com essa moça. Ela está cheia de ancestrais, dos *amadlozi*. Qual o problema de ter uma boa mulher Zulu, como Zola?". Sipho quase caiu para trás quando se lembrou dos comentários depreciativos que ela havia feito sobre Zola. "Bom, antes aquela do que mal acompanhado", murmurou, quando viu o olhar que ele lhe lançou, "com essa coisa estranha que trouxeste pra minha casa".

Sipho nunca mais levou Nonceba para o campo depois daquilo, e foi numa de suas visitas de fim de semana para eMpendle que os tsotsis aproveitaram a oportunidade. Viram que o seu carro não estava e pensaram em aguardar até a madrugada, para que pudessem fazer uma emboscada para Nonceba enquanto ela estivesse em um estado de torpor provocado pelo sono. Tinham aprendido este truque com os bóeres dos anos oitenta, que atacavam os distritos na calada da noite. Os tsotsis preferiam as primeiras horas do domingo, quando apenas os espíritos dos mortos ousavam perambular pelas ruas.

A casa estava completamente às escuras quando se aproximaram. Sabiam tudo sobre o local, pois quando Skwiza os expulsava para fechar o bar, a festa continuava em casa de Sipho. Isso antes de Nonceba, essa maldição, chegar.

Imaginaram que seria fácil. Não havia grades nas janelas da casa de Sipho. Ele vivia como se estivesse alheio ao mundo ao seu redor. Sempre disse que viver atrás de muros e alarmes apenas enriquecia a indústria da segurança, que se aproveita do medo das pessoas. Na opinião dos tsotsis, essa era uma boa filosofia para seguir. O último dos quatro delinquentes tinha acabado de chegar à sala de jantar, quando a janela se fechou atrás do grupo repentinamente. Entreolharam-se em silêncio, com os olhos arregalados. A casa estava quente como uma sauna, e havia um forte aroma de ervas. Ficaram paralisados naquele lugar, sem saber quais seriam seus próximos passos.

Então, Nonceba saiu do quarto carregando um pote cerâmico. Ela polvilhou os ingredientes do pote pela casa. Aparentemente, não percebeu a presença deles. Estava a falar sozinha numa língua que eles não compreendiam. O som daquele idioma causou-lhes calafrios.

Ela entrou na casa de banho, e os cães começaram a uivar, o que fez com que os rapazes, sobressaltados, se pusessem em acção. Um deles subiu numa cadeira e tentou abrir uma janela, mas não conseguiu desemperrá-la. Assim, foram até a porta e fugiram aos tropeços, demasiado apavorados para emitir qualquer som. Ninguém jamais soube o que causou a conversão daqueles quatro delinquentes em religiosos abstémios. Eles nunca sequer falavam sobre a noite em que tentaram atacar Nonceba.

CAPÍTULO 8

Zola não ficou com Skwiza por muito tempo. Com a ajuda de alguns dos clientes de Skwiza que encontraram espaço e material, rapidamente construíram uma palhota num novo bairro de lata que brotava nos arrabaldes de uMkhumbane. Ela estava magoada e temia pela sua filha. Histórias de crianças sendo violadas faziam-na trabalhar depressa para tirar Mvelo do bar para longe do perigo. Zola era calada por natureza, mas agora, na sua dor privada, o seu silêncio estava carregado de medo, raiva e decepção. Era tão profundo que não conseguia sentir. Ela simplesmente manteve o foco na sua sobrevivência e em dar um lar para Mvelo. Começou a procurar emprego e a vender calamidades na cidade.

Passavam por momentos difíceis, principalmente quando chovia. A água entrava pelas rachaduras nas paredes. A natureza era cruel. Zola sentia-se como se Deus estivesse cuspindo nela e na filha. Durante tempestades horríveis com ventos inclementes, ficavam com o coração apertado, rezando para que a sua palhota não fosse arrastada pela ventania. O vento era como um brutamontes que as intimidava distribuindo empurrões. E, então, vieram os cheiros. Uma repugnante combinação de comida podre e urina. Tinham um vizinho com problemas estomacais e ouviam todos os laboriosos sons que ele fazia ao se aliviar no balde. Na zona só havia seis latrinas, e as pessoas tinham de improvisar com baldes, principalmente à noite.

Nalgumas noites, certos sons deixavam Zola pouco á vontade. Ela sentia-se particularmente triste por Mvelo ter de escutar aqueles barulhos, e ligava o rádio para abafar os gemidos vindos da casa ao lado. Nunca explicou por que seus vizinhos às vezes faziam aqueles ruídos. Mvelo, sempre perspicaz, não insistiu no assunto, porque sabia mesmo antes de questionar que não deveria fazer a pergunta.

O primeiro inverno que passaram no bairro de lata foi terrível. Sobreviveram a três incêndios causados pelos xipefos dos vizinhos. Zola e Mvelo foram salvas pelo facto de a sua palhota ficar junto à rua. Aqueles que moravam no interior do bairro tinham sempre de começar do zero, ficando apenas com as chapas de ferro que resistiam ao fogo.

Num desses incêndios morreu um menininho. Estava a dormir quando o fogo se alastrou. Quando a mãe veio a correr da barraca para a palhota, já era tarde demais.

Os angustiantes gritos de agonia da mulher denotavam claramente que alguém, algures, teria uma vida inteira de azares. Foi preciso imobilizá-la no chão para impedi-la de se atirar nas chamas. Foi uma cena comovente. O vestido dela voava, revelando as calcinhas todas rotas, enquanto lutava contra aqueles que a impediam de chegar ao filho.

Os jornalistas já estavam á espreita com câmaras, blocos de notas e as mesmas velhas perguntas de sempre para a mãe em sofrimento. "Como se sente ao perder o seu filho no incêndio?".

"Meu filho morreu, queimado até virar carvão, como você acha que eu estou me sentindo, porra?", gritou a mulher enlutada, despejando insultos nos jornalistas acovardados. No dia seguinte, as manchetes do jornal perguntavam quem deveria ser responsabilizado por essa violência estrutural. Zola alertou a Mvelo sobre os perigos de brincar com fósforos e qualquer coisa que pudesse começar um incêndio.

Sipho ficou na dele por um tempo, esperando até que Zola se acalmasse, foi quando resolveu então visitá-las. Ele ofereceu-se para pagar os estudos de Mvelo e contribuir com coisas para a casa. O que ele sentia por Zola era muito mais de uma relação amorosa normal. Havia uma espécie de responsabilidade familiar.

Esta oferta fez aflorar em Zola todos os sentimentos de raiva e desprezo reprimidos. Ela pôs-se a gritar com ele repetidamente: "Nós nos conhecemos há metade da minha vida, todos aqueles anos em que disseste que me amavas, e quando eu finalmente aceitei e abri o meu coração para ti, Sipho, o que é que tu fizeste? Agradeceste-me cuspindo no prato em que comeste". Na sua voz havia uma amargura por toda a raiva, o medo e a confusão que lhe causava o facto de Sipho agora amar outra mulher.

Tentou atingi-lo com potes e atirou pratos na sua direcção. Ele esquivou-se e foi ao encontro dela, apanhando os golpes que Zola distribuía até que ela desabou exausta sobre o seu peito, chorando como uma criança. Ele embalou-a até adormecer, e dormiram os três até que ele despertou a meio da noite. Cobriu a mãe e a filha com um cobertor e deixou um maço de notas de duzentos rands para se livrar da culpa e se convencer de que ainda era uma boa pessoa. Então saiu, caminhou na noite prateada, debaixo do luar.

Uma vez, ele pediu que a pequena Mvelo olhasse para a lua e dissesse o que ela conseguia ver dentro. Estavam deitados de costas na relva da sua casa. "Parece que tem alguém a morar lá dentro", ela disse e sentou-se para olhar-lhe nos olhos à espera de uma confirmação.

"Hm, sim, acho que sim. Parece uma mulher a carregar um bebé nas costas e lenha na cabeça", ele disse, esboçando o desenho com o dedo. Disse de uma forma tão convincente que a pequena Mvelo realmente conseguiu ver o que ele havia explicado.

"Sim, também consigo ver", disse ela, pulando animadamente para cima e para baixo até ficar tonta.

Ele deu uma risada e os dois tiveram um ataque de riso. Zola ficou lá parada, divertindo-se em silêncio, mas tentando ser severa, repreendendo os dois por fazerem barulho à noite como se fossem duas feiticeiras à solta. Sipho pensou nostalgicamente nessa época enquanto voltava para a sua casa, que agora dividia com Nonceba.

Depois de alguns meses, Zola percebeu que Mvelo sentia muita falta de Sipho e queria vê-lo. Ela cedeu porque não suportava ver a filha aos suspiros, e permitiu que ela visitasse Sipho e Nonceba em casa dele. Para Mvelo, que superou a raiva do rompimento com a sua mãe e voltou a amar a única figura paterna que conhecera, foi uma maravilha. Foi esquisito no início, pois Mvelo ressentia abertamente Nonceba. Secretamente achava que Nonceba era a mulher mais linda que tinha visto e queria ser amiga dela, mas a sua lealdade pertencia à mãe que foi abandonada. Agia com o intuito de fazer com que a mulher de Sipho sofresse, mas não estava a funcionar. Pelo contrário, Nonceba desarmou-a com o seu charme e parecia saber exactamente as coisas de que Mvelo mais gostava. Não demorou muito até que ficassem grandes amigas. Mas manteve as aparências com a mãe. Com Zola, ela agia como se não achasse Nonceba grande coisa.

Mvelo tinha se adaptado à vida no bairro de lata. Brincava com as crianças do sítio, mas não gostava quando as crianças das casas de alvenaria olhavam para ela com desdém na escola. Aprendeu rapidamente que as crianças podem ser malvadas. Aprendeu também a rejeitar essas crianças antes que elas a rejeitassem. A meninada bairro era unida, dando conforto e até mesmo confiança a ela.

Um pesquisador da Inglaterra veio fazer um estudo no bairro e ficou surpreso ao ver que os níveis de autoconfiança daquelas crianças eram maiores que o de muitas das que moravam em casas de verdade. As crianças gostavam dele porque ele oferecia doces e bolinhos, mas Nonceba estragava a festa delas ao enxotá-lo.

Tinha visto aquele homem várias vezes quando vinha buscar Mvelo. Perguntou a Mvelo sobre ele, e ela lhe contou sobre as perguntas e sobre como gostavam dos doces dele. "Ele fala como as pessoas da TV", Mvelo disse a Nonceba.

Quando o estudo do pesquisador começou a circular nos jornais e nas estações de rádio, Nonceba achou que era hora de agir. As conclusões dele pareciam sugerir que o bairro não era tão mau assim; as crianças eram felizes e lidavam bem com a situação. Pouco importavam as mortes nos incêndios causados por xipefos, já que não havia electricidade. Sem falar na falta de espaço ou privacidade, que deixava as crianças expostas aos actos sexuais dos adultos. Nonceba caiu em cima do pesquisador quando o voltou a ver. "Não existem crianças na Inglaterra? Por que você tem de vir de lá até aqui pra fazer sua pesquisa?". Ele tentou argumentar, mas não era adversário para ela. "Você não me engana. Você não engana a elas também!", disse, apontando para as crianças. "Elas gostam dos seus doces, não do seu estudo, e perceberam muito bem quem você é. Elas dão respostas para se encaixarem naquilo que sabem que você quer ouvir".

Ela revelou as verdades indigestas e tirou-o do sério com a sua língua afiada. Depois assistiu tranquilamente enquanto ele fugia para o seu carro, furioso e com o rosto avermelhado, preparando-se para ir a alguma outro bairro de lata do continente, fugindo dos problemas do seu próprio país.

Mvelo ficou chocada e envergonhada, porque Nonceba tinha razão. Elas realmente respondiam para fazer feliz ao pesquisador, porque queriam os doces. No bairro, as crianças gostavam de imaginar casas felizes cheias de decorações. Consolavam-se com os sonhos, um mundo onde tudo é possível. Se os professores pedissem para escreverem uma redação intitulada "A minha casa", todas morariam em mansões com estábulos onde havia cavalos para serem montados e cavalgar pelas colinas verdejantes. Seus pais, ainda que muitas não os conhecessem, eram donos de fábricas de chocolates, onde podiam comer doces até doer a barriga. As mães, empregadas domésticas na sua maioria, eram lindas, vestiam roupas caras e perfumes. Enfim, as crianças imaginavam as suas professoras.

Mvelo aprendeu muitas coisas com Nonceba, que adorava usar lenços na cabeça e estampas africanas coloridas. Ela nunca comprava nas grandes superfícies. Tudo o que vestia fazia com que parecesse bela. No início de sua adolescência, Mvelo era insegura por dentro, mas exibia uma aparência exterior diferente. Começou a imitar o estilo de Nonceba, na esperança de que também ser bonita como ela. Seus amigos riram dela e dos seus vestidos de capulana, mas ela não se preocupava, porque Nonceba disse que não havia problema em ser diferente. No começo, as risadas dos outros magoavam, mas começou a acreditar de verdade na possibilidade de sentir-se bem consigo mesma. Inicialmente, foram as palavras de Nonceba que lhe deram força, mas logo a sua própria voz interior começou a ganhar confiança. Começou a olhar-se no espelho e percebeu que nunca poderia ser como Nonceba. Era mais escura, seu cabelo mais crespo, e o nariz mais largo. As ancas e o rabo também estavam a ganhar volume. Mas sua aparência deixou de ser motivo de repulsa para ela, como antes. Agora, era motivo de curiosidade e entusiasmo.

Nonceba tomou a decisão de falar na sua língua materna. Ela respondia em *isiXhosa* aos seus outros colegas negros do consultório jurídico, que preferiam falar inglês, mesmo entre eles. *IsiXhosa* era sua língua. Ela e a avó usavam entre si quando se mudaram para os Estados Unidos.

Era a única coisa que sua avó Mae tinha para se agarrar depois que desistiu e resolveu voltar ao país onde havia nascido. Não queriam esquecer que eram africanas. Mae descartou seu sobrenome, Wilson, e declarou-se orgulhosamente como Sra. Mae Hlathi quando se casou com o avô de Nonceba, o médico.

Às vezes, Sipho tinha pena dos estagiários no escritório. Apareciam com um brilho no olhar, dispostos a fazerem qualquer coisa para ter Nonceba como sua mentora, por ser uma americana de pele clara. CJ, cujo nome verdadeiro era Cetshwayo Jama Zulu, recebeu a resposta habitual de Nonceba. Veio com um sotaque pseudo-americano, achando que poderia cortejar Nonceba com o charme que sempre funcionou na faculdade.

"Bom, primeiro vamos saber mais sobre ti. Qual é o teu nome completo?", Nonceba perguntou, enquanto olhava para seu currículo que trazia apenas CJ Zulu no espaço do nome.

"Meu nome é CJ", disse Cetshwayo.

"Isso vejo eu", ela disse, "mas qual é a sua tribo, CJ?". Ele parecia confuso.

"O que eu quero dizer é: se eu tirasse essa pose de malandro de ti, quem é que eu iria encontrar?". Então, CJ começou a perder a cabeça. "Olha, mana, dá um refresco pro brada aqui. Só quero terminar meus créditos e arranjar um emprego pra ganhar um taco, na boa?".

"CJ, você já morou na América?". Nonceba gostava de cortar a conversa fiada.

Os olhos de CJ brilharam. Não havia elogio melhor para ele do que isso: uma americana achando que ele era de verdade. "Ah, não, princesa. Isso aí eu fui pegando naturalmente", disse, com o sorriso malandro que revelava toda sua burrice.

"Em primeiro lugar", Nonceba já estava chateada por ter perdido tanto tempo, "não sou sua princesa. E, em segundo lugar, não engana ninguém a não ser a si mesmo com essa palhaçada, Cetshwayo Jama Ka Zulu. Ouça o som do seu nome. A língua Nguni do sul é uma coisa linda. Por que quer fazer de conta que é um americano quando é mentira? Descende de uma longa linhagem de pessoas orgulhosas, mas, em vez disso, escolhe seguir o caminho dos sotaques fingidos e de uma existência sem raízes. Chama as mulheres de vadia e acha bem andar por aí com os amigos a chamar os outros de *nigga*. Será que não consegues ao menos entender a dor que pulsa nessa língua híbrida que apanhou, como se fosse sua? Cetshwayo, não sabe a sorte que tem. Rapaz, dá-me vontade de chorar pelos seus orgulhosos antepassados. Através do seu nome pode seguir a sua linhagem até ao passado. Pode seguir o rastro do seu parentesco até Shaka, o lindo filho de uma valente mãe chamada Nandi, sua tia Mkabayi, que governou estrategicamente o reino Zulu nos bastidores, indo até mais longe para o teu avô, Jama ka Ndaba. Deixe essas coisas que não conhece para a televisão. Dá para ver que é inteligente, a sua carta de apresentação mostra isso. E quero dar-lhe uma oportunidade. Quero seja nosso estagiário". Então, deu um sorriso e estendeu a mão a Cetshwayo, que estava agora totalmente mudo, como se lhe tivessem arrancado a língua.

CAPÍTULO 9

Aos poucos, Zola foi deixando o orgulho de lado e permitiu que Sipho a ajudasse com as mensalidades da escola de Mvelo e com uma mesada. Mas, quando ele disse que queria mandar Mvelo para uma boa escola na cidade, ela recusou veementemente. Pelo menos daquela vez, Nonceba e Zola concordaram.

Ainda que o raciocínio de Zola tenha sido diferente do raciocínio de Nonceba: ela estava preocupada com as condições de vida da sua filha, temendo que as crianças com pais ricos gozassem com ela por morar em eMkhukhwini — o bairro de lato — enquanto elas moravam em bairros sofisticados.

Nonceba ficou surpresa ao ver que Sipho queria mandar Mvelo para um sistema que iria gradualmente envenená-la, da mesma forma que envenenou CJ. "Lá, ela vai ter um ensino melhor. Por favor, não vamos discutir nesse ponto, Nonceba", ele suspirou.

"Mas, Sipho, tu sabes o que acontece nessas escolas. As meninas tomam laxativos para ficarem com as barrigas lisas como as bailarinas. Ela vai desaprender tudo o que já aprendeu sobre ela até agora. Vai querer fazer operações plásticas para ficar com o nariz mais fino e vai fazer de tudo para ser notada". Ela lembrou a Sipho que a prima dele, Nomusa, que veio de longe de eMpendle tentou se matar depois de ter sido matriculada num internato particular, onde achou que não se encaixava em lugar nenhum.

O suicídio foi sempre um assunto delicado para Nonceba. A mãe afogou-se no mar. Ela tinha apenas um ano de idade, mas conhecia o terror e o choque da situação.

Sipho tentou argumentar com Nonceba, dizendo que Mvelo era diferente e mais forte que Nomusa. Mas ela não se convenceu. "Qual o problema das escolas daqui, onde as amigas dela estudam?", perguntou, desafiando Sipho. Ele disse que as escolas do township estavam mal equipadas, que os professores não tinham boa formação e que os alunos eram indisciplinados. "E não são indisciplinados nas escolas particulares? Vês as moças das escolas dos townships a vomitar e cagar até não aguentarem mais só para serem magras?".

"Não, mas vejo essas moças a engravidar, Nonceba. Não uma ou outra, mas várias", Sipho rebateu.

"As moças nas escolas particulares também engravidam. A diferença é que elas vão a uma Marie Stopes e fazem aborto".

"Então quer dizer, Nonceba, que é melhor povoar o township do que ir a uma clínica?". Ele estava exasperado. Os

argumentos dela contrariavam sempre o bom senso.

"O que eu quero é saber por que tens tanta fé nas escolas particulares e nas escolas Modelo C? Os pais da classe média negra como tu tinham de voltar os esforços para as escolas públicas, as mesmas escolas que vocês frequentaram aqui, não na cidade. Por que gastar milhares de rands em mensalidades, transporte, excursões intermináveis e até no salário de professores particulares quando se pode arranjar uma escola aqui e deixar as crianças estudarem durante doze anos, gastando menos de dois mil rands por ano?

Que diabo, as mensalidades das faculdades não são nada perto do balúrdio que cobram nessas escolas privadas. Não vês a mensagem que querem passar? Eles querem manter o zé povinho longe com as mensalidades. Criança nenhuma vai ter uma neurose por ser negra numa escola da região.

Toda essa gente instruída não deveria apostar nas escolas privadas só por serem chiques e morarem na cidade. Seus recursos deveriam ser investidos aqui. Não vamos ter um problema de classes aqui, esse novo racismo onde alguns negros são chamados de chefe e de madame. O apartheid que as massas combateram, e que agora está a ser repetido por elas próprias. O que quero dizer é que eu quero proteger Mvelo. Quero que ela se sinta completa. Se ela precisar aprender inglês, eu vou ensinar inglês pra ela juntamente com o que ela estiver aprendendo na escola do township. E vou ensinar a ela a história que ela precisa aprender, não a versão que eles vão ensinar, na qual Shaka é um canibal implacável. Vou dar de presente a ela o que eu tive a sorte de receber da minha avó, que não está nas páginas de nenhum livro de história".

Ela envolveu-o sedutoramente nos seus braços e ele se derreteu. Concordou com tudo o que ela tinha pedido. A primeira ordem do dia para Nonceba seria — com a permissão de Zola, é claro — acompanhar Mvelo até a escola. Queria conhecer os professores e se apresentar. Depois de Nonceba trocar apertos de mãos com todos eles, Mvelo percebeu que ela tinha notado algo sobre o professor de História, o Sr. Zwide. Nonceba havia pedido para ter uma conversa com ele em particular. Ele deve ter tido a tola impressão de que Nonceba flertava com ele, após recolher a língua que estava praticamente a cair para fora da boca.

Estava enganado. O que Nonceba queria era dar um aviso. "Ouça muito bem, Sr. Zwide. Estou de olhos postos em si. Estou a ver que você abusa da sua autoridade e que se aproveita dessas adolescentes. Saiba que se alguma vez você ousar olhar torto para Mvelo, caio-lhe em cima com todas as minhas forças".

No meio de Zola, Sipho e Nonceba, Mvelo estava segura.

Quando Nomagugu, uma estudante de Teatro da Universidade de Natal veio pregar o renascimento de tradições como os testes de virgindade, Zola disse que Mvelo deveria ir. Falou que era uma boa medida para protegê-la dos rapazes e tarados à espreita. Ela foi, relutantemente, para fazer Zola feliz, mas sentia que aquilo punha-a em perigo imediato transformando-a num alvo, como uma cria separada da manada. Em segredo, ela perguntou a Nonceba o que pensava sobre o assunto, e ela como é claro, via a questão do outro ângulo. "Acho que as virgens têm algo de muito poderoso. Já notaste que a maioria das religiões enfatiza a virgindade? Eu sei que passam a impressão de estarem tentando controlar a sexualidade das mulheres, mas, se escolheres ser virgem o tempo que quiseres, a escolha está nas suas mãos", disse ela. "Quando se perde a virgindade, não há volta. Nunca vais poder voltar atrás. Mas podes escolher quando perder e com quem. Podes canalizar tua energia sexual para outras coisas, até que te sintas pronta pra essa mudança. Entendes?".

O que Mvelo gostava em Nonceba era a forma

como as coisas que dizia faziam sentido para ela, ainda que a maioria das pessoas a considerassem uma excêntrica.

Mvelo foi aos locais de testagem da virgindade com as ideias claras. Fazia-o mais por Zola e, mesmo assim, sentia que era dona de si. E como muitas moças da sua idade, estava curiosa para ver o que e como era o teste. Descobriu que havia boas testadoras, que estavam preocupadas com o abuso infantil disseminado e que viam os testes como a forma tradicional de resolver o problema. Outras, no entanto, estavam embriagadas com o poder e a atenção que recebiam da mídia. Correspondentes estrangeiros e tarados endinheirados amontoavam-se com câmaras para um circo carnal repleto de moças imaculadas a abrirem as pernas.

Os jornalistas sérios tomavam cuidado para não aproveitar, enquanto os voyeurs, babando, utilizavam lentes de longo alcance para focar o alvo com precisão, como fazem durante o Umkhosi Wohlanga, a dança do caniço, onde virgens Zulus seminuas presenteiam caniços ao rei Zulu.

Para o teste, as anciãs formavam filas de moças de manhã cedo, normalmente perto de um rio. Elas deitavam-se em fila, cada uma acompanhada de uma inspectora, e abriam as pernas. Com dois dedos de cada mão, a inspectora forçava a abertura dos lábios das suas pequenas vaginas, procurando um "olhinho"; a vagina de uma virgem é fechada, como um botão de uma flor, que parece um olhinho. Ao encontrar o olhinho, a inspectora erguia-se, no meio das pernas da virgem, e assentia positivamente às outras. Seguiam-se então o ulular de alegria das gogos. Elas recebiam certificados por escrito e eram marcadas com um ponto nas testas, indicando que ainda eram puras.

No bairro, Mvelo ficou conhecida como "a virgem". Presa fácil. Como uma zebra correndo entre as gazelas: marcada.

Sentiu pena das moças que tinham perdido a virgindade, mas que tiveram de participar dos testes por temerem seus pais. Às vezes, encontravam formas de enganar as inspectoras, usando um pedaço de fígado cru bem posicionado para dar a impressão de um hímen ainda intacto. Algumas usavam o giz do quadro negro da escola. Era triste, pois apanhavam doenças. As inspectoras acabaram descobrindo a prática, e as moças eram humilhadas á frente da multidão de espectadores. Também havia os predadores que caçavam virgens, pois circulavam boatos de que um homem seropositivo se deitasse com uma ficaria curado.

Iniciou-se um genocídio sexual de meninas e mulheres através do estupro perpetrado por homens desesperados. Moças eram violadas em todo lado. Mvelo aprendeu formas de se proteger, removendo o ponto branco da sua testa antes de chegar a casa. Não precisava de nenhuma prova exterior para sentir-se orgulhosa de si própria.

Mvelo participava no teste de três em três meses. Deixou de ir no dia em que foi descoberto que uma das moças mais velhas tinha sido "desgraçada". Era assim que as inspectoras chamavam as moças que já não eram virgens. A moça estava prestes a casar com o ancião de uma igreja, que exigia provas de que era "intocada".

Havia tensão no ar. A moça escolhida pelo líder tradicional, que tinha idade suficiente para ser seu avô, carregava um fardo sobre os ombros. Não queria casar-se com o velho. Estava apaixonada por um rapaz da sua idade e se entregou a ele de livre vontade. Como era possível alguém dizer que ela tinha sido "desgraçada"? Estava apaixonada. Se tivesse sido violada seria diferente.

Ela não tentou esconder, deitou-se apenas e deixou que a inspectora a cobrisse de cuspo e insultos. Então, começou a uivar em pranto. Foi humilhante. Depois do teste, a moça seguiu na direcção da linha férrea onde se deitou e deixou que o comboio a arruinasse e lhe tirasse a vida.

Mvelo desmaiou naquele dia. Estava transtornada

e confusa com o que se passava á sua volta. Acordou em casa, com o ponto do orgulho ainda na testa. Tirou a marca e disse a Zola que nunca mais iria voltar.

A maioria das moças do bairro foi desgraçada por violação. Elas carregavam fardos nos ombros. Como poderiam contar às mães que as pessoas em quem elas confiavam, os familiares, os amigos da família e os seus "tios", amantes das suas mães, eram quem as molestava?

Mvelo começou a sentir raiva daquela coisa dos testes, porque não queriam saber o porquê das moças estarem "desgraçadas", a não ser quando fossem muito pequenas. A epidemia de violações estava tão disseminada que certas mães traziam crianças de tenra idade como uma medida de precaução contra os abusos. Os "tios" evitavam as crianças que eram testadas. Não queriam correr o risco de serem descobertos.

Quando Mvelo deixou de ir aos testes, os colegas pensaram que ela tinha sido desgraçada. Por que deixaria de ir, logo agora? Mas ela estava determinada em não deixar a fofoca incomodá-la.

CAPÍTULO 10

A vida de Mvelo caiu em espiral descendente com a notícia de uma morte em 2002. A avó de Nonceba morrera de causas naturais nos Estados Unidos. Foi a primeira vez que Mvelo viu Nonceba tão perturbada. Estava fora de si, abalada pela dor, e Sipho observava-a impotente sem saber o que fazer para consolá-la. Ela teria de viajar para o enterro da avó.

Era óbvio que a viagem demoraria um certo tempo. Ela teria de tratar de todos os assuntos da avó e ficar de luto. Quando partiu, prometeu enviar mais lições de matemática e pacotes cheios de presentes dos Estados Unidos para Mvelo pelo correio. Por orgulho, Zola nunca se comunicava com Nonceba, mas tampouco interferia na amizade que sua filha tinha com ela. Nonceba enviou as encomendas endereçadas para a escola de Mvelo e continuou a manter contacto com os professores para garantir que seu ensino não seria prejudicado.

Sipho tentou vender a casa. Ficou perdido sem Nonceba por perto. Temeu que ela não voltasse mais e, assim, começou a fazer planos para ir atrás dela nos Estados Unidos. Ninguém queria comprar a casa em

Mkhumbane, porque circulavam boatos de que Nonceba praticava feitiçaria.

Isso não impediu Sipho de ir ao seu encontro. Ele deixou a casa aos cuidados de seu irmão, Mzkhona, que era muito diferente de Sipho. Era como destroços levados pela corrente de um rio, que se movia conforme o ritmo da correnteza, embriagado desde manhã até a noite. Sipho fez as malas e partiu para ter com Nonceba.

Mae, a avó de Nonceba, deixou a América rumo à África em busca de algo que já possuía. Conseguia investigar as suas origens até os escravos da África Ocidental e os povos nativos da América do Norte que viviam da caça de búfalos. Então, deu-se o execrável horror das violações de escravas pelos seus senhores, que a tornou menos africana e mais exótica, vinda de uma terra desconhecida. Crescendo em Idaho, estado americano produtor de batatas e quase que exclusivamente habitado por brancos, Mae não se encaixou. Assim, partiu em busca de um lar.

Primeiramente, foi às reservas indígenas. Mas entrou em depressão ao testemunhar a ruína de um povo outrora tão próximo da natureza, mas que agora vivia amontoado numa ínfima porção do vasto território por onde circulara em liberdade. Enfuriava-se com o álcool e o jogo. Drenavam-lhe as forças. Assim, a África tornou-se o seu destino para buscar um lugar onde se sentiria em casa. O seu objectivo era encontrar o homem mais negro que pudesse encontrar, que faria com que seus filhos fossem negros, para que não tivessem a crise de identidade que ela teve.

As moças negras normalmente passavam pelos homens mais escuros com o nariz empinado, mas Mae sentia-se atraída por eles como por um intenso magnetismo. Encontrou um homem que era dos orgulhosos Tshawe, Phalo, Hintsa, Gambushe, Majola e Thembu, os líderes Xhosa. Não foi preciso ir muito longe. Ela encontrou-o no avião, antes mesmo de aterrar em África.

Ele estava voltando para a casa depois de ter estudado alguns anos nos Estados Unidos, fruto de uma bolsa de estudos oferecida pelos missionários. Sentiram-se atraídos um pelo outro como duas almas ancestrais, arrebatadas por uma sensação de déjà vu.

O plano dela de iniciar uma peregrinação dos pés da Mãe África, na Cidade do Cabo, até a cabeça, no Egipto, foi ali mesmo dobrado e engavetado. Gugulethu Hlathi não podia estar mais grato aos seus ancestrais por terem inesperadamente trazido esta linda mulher até ele.

Quando os dois se conheceram, foram a realização dos sonhos um do outro. E então, sua filha Zimkitha,

"Bela", a mãe de Nonceba, nasceu. Estabeleceram-se num vilarejo tranquilo perto da Costa Selvagem da África do Sul. Zimkitha foi a resposta às preces de Mae. Negra o bastante para ser considerada africana, com rebeldes maçãs do rosto salientes e olhos cor de avelã dos índios norte-americanos, ela se encaixava confortavelmente na comunidade negra. Não teve de aguentar a crueldade que sua mãe passou. As pessoas mais escuras admiravam a tonalidade mais clara de sua pele e tratavam-na bem. As crianças queriam fazer amizade com ela, e professores tratavam-na com carinho extra especial.

Foi no final da sua adolescência que os problemas bateram á porta. Como uma jovem mula, ela não podia ser domada, e as incandescentes revoltas políticas da época não ajudavam.

Seus pais ensinaram que poderia ser o que quisesse. Não conhecia as restrições das regras impostas aos negros.

A linda Costa Selvagem não era suficientemente grande para ela e estrangulava o seu espírito livre. Com os acontecimentos que levaram á revolta no Soweto, ela se livrou das amarras da mãe super protectora e do pai ditatorial. Mudou-se para Joanesburgo, fixando residência na cosmopolita e inter-racial Hillbrow, lugar onde ela e uma série de jovens brancos liberais e frustrados identificavam-se como adeptos da desobediência civil.

Influenciados por Gandhi e por Martin Luther King Jr., transgrediam as regras pacificamente. Quando eram abordados e retirados à força de bancos destinados apenas para os brancos, começavam a cantar e a dançar. Zimkitha adorou aquilo, mas um trabalho mais sério estava a acontecer nos bastidores. Estavam apenas a distrair a polícia para que não descobrissem os jovens revolucionários que mobilizavam frentes no cenário local e internacional para libertar a África do Sul.

Parte das razões que levaram Zimkitha a dormir com Johan Steyn foi simplesmente porque ter sido proibida de fazê-lo. E depois, acabou na cadeia, grávida de Nonceba, a filha de Johan. Foi presa ao abrigo da Lei da Imoralidade depois de ser apanhada com o filho de um conhecido pastor africâner.

Viu a polícia a aproximar-se e desafiou Johan a beijá-la á frente deles. Ele ficou apavorado com o seu pedido. Justamente quando ele estava prestes a virar as costas e fugir, ela agarrou-o e beijou-o intensamente. A verdade era que ela nunca amou Johan de verdade. A sua relação com ele era apenas parte da sua rebelião.

Johan era tímido, o que deixava Zimkitha frustrada. Suspeitava de que, no fundo, ele ainda estivesse sob o efeito da doutrinação do apartheid. A sua relação com ele foi o princípio do seu fim. A prisão endureceu o seu coração e deixou o seu espírito despreocupado cheio de medo. Ter a filha acabou com os seus impulsos aventureiros.

Beijar Johan em público, apertara os botões que ela queria. Os polícias atiraram imediatamente Zimkitha na cadeia e foram duros com Johan, dizendo-lhe que ele era uma desgraça por se relacionar com uma *kaffertjie*. Mas ele não teve a coragem para defendê-la. Conseguia sentir os olhos dela a arder nas suas costas quando foi embora, constrangido e com pensamentos conflituantes. Ela pensou que seu acto iria libertar o revolucionário preso dentro dele, mas estava enganada. Pensou que ele não deixaria que ela fosse presa com um bebé no ventre. Quando ela o viu baixar a cabeça em sinal de vergonha, sentiu a dor penetrante da traição. Desobedecer à lei deixou de ser apenas uma brincadeira.

Cada passo que ele dava enquanto ia embora, rompia mais um pouco o seu vínculo com Zimkitha. Agora, tinha a noção de que ter feito algo profundamente imoral.

Escreveu cartas para ela compulsivamente, mas nunca as chegou a enviar. Nas cartas, pedia desculpas vezes sem conta pela sua fraqueza e a sua incapacidade de enfrentar o que sabia estar errado. "O que nunca vais entender é o quanto é difícil para mim ver a decepção nos olhos do meu pai. Ele é um homem de Deus orgulhoso de acreditar que é vontade divina que negros e brancos nunca fiquem juntos. Eu nunca poderia contar a ele que te engravidei. Não suportaria perder o amor e a confiança dele. Sou o primogênito de cinco filhos. Eu me sentiria morto por dentro se os meus irmãos me olhassem com desprezo. Fui um bom filho antes de sair de Bloemfontein para vir a Joanesburgo. Acreditei nas teorias do meu pai até te sentares á minha frente naquele dia. Teu riso despreocupado e tua atitude destemida assustaram-me, mas, ao mesmo tempo, eu senti-me atraído por ti.

Entraste num bar onde os negros eram só os empregados — e não os clientes. Mas, tu estava lá, uma mulher negra, linda e sedutora. Não acho que tenhas reparado em ninguém lá, muito menos em mim. Nós éramos apenas rostos brancos a beber cerveja, e estavas com as tuas amigas, brancas liberais, provocando problemas ao entrar num bar onde sabias que era proibido entres. Nossas secretas fantasias vergonhosas expostas quando trocávamos abertamente olhares lascivos. Então tu e as tuas amigas levantaram-se para dançar, a girar as ancas, como se estivessem na sala de estar da vossa casa. Uma moça do grupo pôs o braço á volta da tua cintura e vocês dançaram perto uma da outra, com os corpos colados. Tinha a cabeça á roda enquanto assistia em silêncio. Foi a mulher do dono do bar que acabou com a festa. Com uma bofetada apagou o fogo do marido, que estava praticamente a babar, e expulsaram-te com as tuas amigas à força. Afastaram-te do bar, mas não de mim. Eu segui o grupo até ter uma oportunidade de me infiltrar na tua vida, fazendo amizade com uma das tuas amigas e fingindo lutar pela mesma causa.

No entanto não te consegui enganar. Demorou até baixares a guarda. Entraste suavemente na minha vida e reviraste-a de pernas para o ar".

Johan escrevia estas cartas para Zimkitha para não ficar maluco. Guardou-as, na esperança inútil de um dia vir a reencontrá-la. Fantasiava que ela lia as cartas e perdoava-o.

Antes de Zimkitha, a única pessoa que ameaçara romper sua percepção preconceituosa sobre os negros foi Sihle, o único estudante negro que cursava Medicina com ele. Os missionários lutaram para colocá-lo numa universidade que não aceitava negros nas suas salas de aula, onde os professores leccionavam para ele com relutância, ainda que secretamente desejassem que Sihle não fosse tão inteligente como era, já que ele provava que as suas ideias sobre a mentalidade da juventude negra estavam erradas. Sihle sentia isso, mas a sua determinação de completar os estudos era mais forte do que qualquer discriminação que tivesse de suportar.

Johan agora relembrava, com sentimento de culpa,

como ele tinha sido uma das pessoas que infernizaram a vida de Sihle.

Se alguma vez tivesse uma segunda chance com Zimkitha, seria suficientemente corajoso para enfrentar o pai e a família? Foi consumido pelos seus pensamentos e transformou-se numa pálida imagem do seu antigo eu interior. Começou a funcionar como se estivesse em piloto automático, terminando seus estudos na Universidade de Witswatersrand. Porém, a mente mal estava presente. Ficou viciado em comprimidos para dormir, tomando vários noite após noite, sempre que os olhos de Zimkitha lhe reapareciam.

Quando sua família sugeriu Petra, a filha de outro pastor, como sua esposa, ele não fez objecção. Estava cansado de lutar. Substituiu os comprimidos para dormir por anestésicos mais fortes. Era um médico, repetia para si mesmo. Não era um drogado qualquer.

Petra sabia que competia com algo poderoso pelo afecto do marido. Afundou-se na sua própria depressão, num casamento sem amor e sem filhos. Buscou consolo no facto de estar casada com um médico, de uma família aparentemente temente a Deus. Não ousava ir mais a fundo. O que estava à espreita, escondido por baixo da fachada tranquila, era demasiado assustador.

Zimkitha quebrou quando eles a atiraram numa cela escura e silenciosa e a deixaram lá durante meses.

O único som era de uma torneira pingar, dia após dia. Ela se desesperou e fez um plano, aguardando o momento certo para executá-lo. Na manhã que entrou em trabalho de parto, agarrou-se à mão que apareceu para lhe entregar a refeição do dia. Afundou seus dentes, fechando seu maxilar na mão como um pitbull. Os gritos de agonia da carcereira fez com que outros viessem ao seu socorro. Abriram a cela e se defrontaram com o penetrante odor da urina empoçada de Zimkitha, e o pavor do sangue na sua boca. Parecia um animal raivoso, com uma vasta e espessa cabeleira de fios desgrenhados cobrindo a maior parte de seu rosto.

Exactamente naquele instante, as águas rebentaram. Per- plexos, tiveram de agir.

Enquanto alguns socorriam a carcereira ferida, outros tratavam de ajudar Zimkitha a trazer Nonceba ao mundo. Uma vida nova tem o poder de fazer até os corações mais frios se esquecerem de tudo. Zimkitha decidiu baptizar a bebé de pele dourada de Nonceba, "compaixão de mãe".

A criança tornou-se o seu passaporte para a liberdade, mas aquela experiência deixou-a demasiado fragilizada para seguir em frente. Ela deixou Joanesburgo e voltou para a casa da mãe no Cabo Oriental. O pai, morto de preocupação quando soube de sua prisão, começou a participar da luta e a liderar greves.

Foi morto a tiro por lutar pela liberdade da filha. Então Mae começou a falar sobre regressar aos Estados Unidos, mas Zimkitha simplesmente recusou. Tinha escutado as histórias da mãe sobre o quanto tinha sofrido por lá e não queria ir para outro país onde seria maltratada pelo povo local.

Não conseguia lidar com o bebé e com a incessante matança dos revolucionários. Tornou-se apática. Sua chama interior tinha-se apagado e a luta sugado as suas forças. No primeiro aniversário de Nonceba, enquanto sopravam as velas do bolo e batiam palmas para gritinhos alegres e pueris da menininha, o rádio anunciou um massacre na linha férrea. O locutor falou de violência de negros contra negros, mas Zimkitha sabia que era muito mais do que isso. Os rostos da mãe e da filha foram tomados por um desânimo. Elas entreolharam-se, e Nonceba, por mais jovem que fosse, sentiu a mudança nos ânimos e começou a chorar. Sua avó pegou-a no colo e pôs-se a caminhar, tentando acalmá-la.

Zimkitha começou a tremer. Sentia-se afogar na frustração. Não conseguia respirar. Mae segurou a neta mais perto do seu corpo e embalou-a até deixar de tremer. "Não sei por que pensamos que poderíamos ganhar. Não sei nem por que lutamos contra isto", Zimkitha disse à mãe, entre lágrimas. A pequena Nonceba observava as duas com olhos tristes e arregalados. Mae desligou o rádio, e escutaram o som das ondas do oceano sussurrando ao fundo.

Zimkitha esperou até sua mãe levar Nonceba para o círculo de artesanato onde Mae trabalhava fazendo cestos com mulheres da comunidade.

Aí ela caminhou calmamente na direcção das ondas.

CAPÍTULO 11

Quando Sipho foi ter com Nonceba nos Estados Unidos, deu-se uma reviravolta. Ele sempre soube que ela era um vulcão adormecido e que não pouparia nada no seu encalço. Quando ela foi buscá-lo ao Aeroporto O'Hare em Chicago, o gélido ar de Fevereiro atingiu o rosto de Sipho como um soco do lendário Muhammad Ali. Ele queria voltar e pegar o próximo avião para a ensolarada África, mas Nonceba estava lá, radiante com a felicidade de poder encontrá-lo novamente.

Bastava olhar nos olhos de Nonceba para saber que, in- dependentemente do que teria de enfrentar na América, ele ficaria, porque ela tinha conquistado o seu coração. Ela contou sobre o funeral da avó. Para se distrair da dor causada pela perda de Mae, ela tinha começado a trabalhar no seu antigo consultório de advogados. Disse que seria só por um tempo, enquanto resolvia como iria voltar para África.

O seu apartamento era grande, com janelas que davam para o Lago Michigan. Sipho ficou espantado de ver que ela havia deixado uma vida tão boa para ficar com ele em Mkhumbane. O que lhe provocou boas risadas.

Quando ele chegou, ela deu um churrasco na casa de um amigo em Oak Park. Para chegar até lá, apanharam o metro de superfície e entrecortaram a cidade por um labirinto de prédios altos, passando pela magnífica sede do jornal Chicago Tribune.

Sipho adorou Oak Park. Contou histórias sobre os encontros de amigos de Mkhumbane e do bar de Skwiza, e sobre a primeira vez que levou Nonceba lá. Enquanto falava, teve uma súbita compreensão de que seu lugar era Mkhumbane. Continuou a falar, mas naquele instante soube que não iria durar em Chicago se Nonceba decidisse ficar na América permanentemente.

O frio congelava os pelos dentro das suas narinas e algo perdia o equilíbrio dentro de si. Não estava acostumado a caminhar no gelo e não parava de cair, aleijando o rabo no chão gelado. E então começou a doer-lhe o cóccix.

Ele ria-se e chamava a atenção de estranhos. Ao contrário dos tsotsis em Mkhumbane, essas pessoas eram diferentes. Não queriam nada dele. Não precisavam do seu dinheiro e não viviam na sua sombra por ele ser advogado. Elas próprias eram advogados. Seus nomes eram acompanhados pelas letras PhD e conversavam umas com as outras num nível intelectual.

Sipho conseguia aguentar-se com certo conforto entre essas pessoas inteligentes. Elas ficaram fascinadas com ele, porque nunca imaginaram um "africano da gema" assim. Mas a máscara que ele tinha de usar deixava-o exausto. Sentia falta do bar de Skwiza e dos tempos em que desfrutava de conversinhas mundanas sobre o clássico de futebol no Soweto, com a cabeça cheia de uísque.

Ele adorou a vista do Lago Michigan, que reluzia à noite. Porém, frustravam-no as luzes de néon que davam uma luz dourada artificial à superfície da água. Queria a luz prateada da lua, a que estava acostumado desde os tempos em que era criança a crescer em eMpendle. Para ele, o luar embelezava tudo. Sentia uma conexão espiritual com a lua. O Lago Michigan confortava-o.

Ele teve dificuldade em arranjar emprego e afundou-se numa crise que nunca julgou possível ter. O problema era ser um homem sustentado por uma mulher. Pela primeira vez na vida, sentiu o mesmo medo das mulheres que dependem dos homens. Começou a entender por que essas mulheres fariam qualquer coisa para mantê-los. Pensou em Zola e no quanto ela era diferente. Na coragem que deve ter tido para deixá-lo. O medo apertou seu coração como o ar gélido de Chicago no inverno. O riso dele deixou de ser alegre e estrondoso.

Começou a sentir-se inseguro ao lado de Nonceba, que estava ocupada subindo os degraus do implacável mundo corporativo. Trabalhava dia e noite, com o dobro da intensidade de quando estava com Sipho em Mkhumbane, e respondia com monossílabos nas conversas do casal. Deixou de ter tempo para passar com ele.

O frio também já estava a afectar Sipho, que entrou em depressão profunda. Dormia o dia inteiro, odiando a ideia de ter de acordar para enfrentar mais um dia de céu cinzento. Não tomava banho, não trocava de roupa e não escovava os dentes. Isso foi a gota de água para as suas vidas íntimas. "Não sei o que fazer, ele não é mais o homem por quem me apaixonei", Nonceba falava com uma das amigas, com lágrimas no rosto. "Ele está acabado. Ele me dá repulsa agora. Dói dizer isso, mas agora eu tenho pavor de voltar pra casa e encontrar esse homem, que antes fazia-me sentir como uma rainha".

Sipho tinha ficado tão pegajoso e inseguro que escutava as conversas de Nonceba pelo quarto que só ele usava agora. Chorou em silêncio ao ouvir o que suspeitara, mas temia admitir.

Acordou no dia seguinte, depois de Nonceba ter saído para o trabalho e olhou-se no espelho. O que viu reflectida foi a imagem de seu irmão, Mzokhona, os destroços a boiar no rio. Estava com o cabelo desgrenhado, os dentes amarelados e a língua saburrosa. Soluçou enquanto tomava um banho quente. A água teve um efeito revigorante, e ele decidiu arrumar a casa de Nonceba, depois de arrumar a si próprio.

Esperou até que ela voltasse para contar que voltaria para a casa. Queria estar onde tinha suas raízes. Sentia-se vacilante nesta terra estranha, como uma criança a aprender a andar. Como um exilado, já não conseguia rir. Era como se uma pedra estivesse esmagando seu peito, tirando todo o seu fôlego. Respirar aquele ar era doloroso. Sentia como se o gelo lhe atacasse pulmões. Queria voltar ao seu trabalho, dar apoio jurídico e auxílio para aqueles que estavam às margens da sociedade em Mkhumbane e nos bairros de lata vizinhos.

Eram altas horas da noite quando ela finalmente voltou para casa. "Eu sabia que um dia isso ia acontecer", disse ela. Sipho ficou sem palavras, e ela chorou.

E então, pela primeira vez em muito tempo, conversaram como nos velhos tempos. Ela desculpou-se por voltar ao seu passado de viciada no trabalho. Também tinha parado para pensar e decidiu que também era hora de regressar à África do Sul. Mas era óbvio, para ambos, que cada um deveria seguir o seu caminho.

"Faz-me só um favor", disse ela, enxugando as lágrimas. "Quando chegar à África do Sul vou para a aldeia do meu avô. Não tentes me contactar. Eu é que te vou contactar quando eu estiver pronta para te aceitar como um amigo, e não como amante".

Ela achava que tinha assuntos a resolver no país onde sua mãe tirou a própria vida, onde seu avô teve uma morte violenta e onde provavelmente ainda tinha um pai vivo.

Dormiram de conchinha na alcatifa, como as crianças das palhotas que dividem uma cama de solteiro.

CAPÍTULO 12

Quando Sipho voltou a Mkhumbane a casa era uma cena e tanto. Nos poucos anos em que esteve ausente o irmão tinha conseguido destruir tudo. A televisão tinha um buraco, o micro-ondas tinha sido vendido e a energia eléctrica tinha sido cortada por falta de pagamento. Metade das suas toalhas e lençóis, que Nonceba comprara, foram vendidos. Os quartos foram alugados para os vagabundos do township. Usavam petróleo em fogões portáteis ou até mesmo lenha, como num acampamento, para cozinhar no chão. A casa inteira cheirava a uma mistura de fumo de petróleo e madeira. As paredes estavam pretas, cobertas de fuligem. Até a casa de banho era usada como quarto de dormir por dois meninos de rua.

O irmão de Sipho dava sinais de ter sido consumido pela bebida. Parecia vários anos mais velho que Sipho, apesar de ser dez anos mais novo. Era difícil saber se tinha um sorriso de alegria ou sarcasmo no rosto quando revelava as gengivas avermelhadas e dentes esverdeados. Foi surpreendido pela chegada não anunciada de Sipho e ficou com medo de como reagiria ao ver o estado do lugar.

Sipho ficou chocado com o que viu. Ele foi ao encontro da única família que conhecia, Zola e Mvelo, que estavam na sua palhota. Ainda estavam lá, morando num lar acolhedor e bem cuidado.

Mvelo achou que estava a sonhar quando ergueu os olhos e viu uma silhueta alta e familiar caminhando na sua direção. Um grito da alegria saiu de seu peito e ecoou pelo vale das barracas. "É ele", ela gritou. "Ele voltou". "Mãe, o Sipho voltou!". Correu até ele e chocou-se contra o seu corpo. A risada dele foi uma alegria para ela. Zola parou na entrada e inclinou-se com força contra a porta. Tentou manter-se neutra, mas não conseguia evitar o sorriso. Não queria demonstrar euforia demais. A história que viveram tinha ensinado Zola a ser cautelosa, mas o amor que sentia por Sipho continuava.

Nonceba não estava com ele, mas Mvelo se deu por satisfeita ao ver que pelo menos Sipho estava de volta. Ainda aproveitava as encomendas que Nonceba mandava.

Sipho divertiu Zola e Mvelo com histórias e encheu-as de presentes dos Estados Unidos. Quando se deram por conta, já iam a meio da madrugada. Finalmente, a euforia do momento que havia dominado Mvelo cedeu, e rendeu-se a um agradável sono. Sipho e

Zola renderam-se à atracção trazida pela familiaridade dos seus corpos, pelos velhos tempos.

Era uma linda manhã de sábado quando Mvelo acordou com Sipho e Zola debaixo do mesmo tecto. Começou a nutrir falsas esperanças de que talvez pudessem ser novamente uma família. Zola cantarolava baixinho enquanto preparava o matabicho para eles, como fazia sempre quando estava feliz. Sipho e Mvelo olharam um para o outro e sorriram. Ficaram felizes quando viram Zola a cantar assim.

Depois de terminarem as papas, todos foram para a casa de Sipho. Zola pegou dois baldes, uma vassourinha, detergente e sabão líquido para ajudá-lo a limpar a casa. Seu irmão viu o que estava a acontecer e mandou os seus "inquilinos" desaparecerem, citando Nonceba nas suas ameaças. "É melhor vocês bazarem, a grande bruxa de Mkhumbane voltou. Arranjem outro lugar pra morar, porque aqui não dá mais". Falar o nome de Nonceba era como invocar uma palavra mágica. Desapareceram mais rápido que baratas ao verem a luz.

Alguns não a conheciam pessoalmente, mas as histórias que circulavam eram suficientes para que juntassem suas coisas e fossem embora. Sipho suspirou aliviado quando viu que não resistiram ao despejo. Seu irmão piscou para ele, satisfeito com seu raciocínio rápido.

Não houve nenhum pedido formal de desculpas entre os dois. Sipho molhou seu irmão com uma mangueira e perseguiu-o alegremente pela casa enquanto ele fazia barulhos com a boca. A vida continuava. Era como um sanguessuga para Sipho, que não fazia objecção a essa inquestionável obrigação familiar. Era seu irmão.

Zola e Mvelo passaram o fim de semana a limpar a casa e a escovar as paredes. Os amigos de Sipho da taverna também foram ajudar quando souberam que ele havia regressado sozinho sem a companhia da bruxa. Seu irmão, naturalmente, esquivou-se de toda e qualquer responsabilidade. Pegou uma "gripe daquelas de derrubar" e, justamente quando a casa voltou a brilhar, com seu antigo esplendor na semana seguinte, recuperou-se milagrosamente com uma sede insaciável de tomar uma gelada.

Revigorado, ele agora tinha força suficiente para implicar com Zola mais uma vez. "Agora que meu irmão voltou, sabes quem eu sou, não é? Dantes não me passavas cartão. Mas podes tirar o cavalinho da chuva. Nonceba vai voltar". Sipho fuzilou o irmão com um olhar de reprovação, mas ele não parava.

Quando Zola arrumou as suas coisas para ir embora depois da limpeza, Sipho se mostrou surpreso. Ele presumira que elas tinham-se mudado para a sua casa. Zola nem sequer considerou a possibilidade. "Mas e aquela noite?", perguntou.

"O que tem aquela noite?".

"Olha, e se a gente se esquecer do que passou e tentar de novo?", perguntou, exasperado.

Zola riu. "Dá pra ver que não mudaste nem um pouco", disse. "Por favor, leva-nos de volta pra nossa casa. Ajudei-te com a tua casa, agora leva-me para a minha". Já não caía nos encantos de Sipho. Fora uma enorme surpresa quando Sipho apareceu daquela maneira. Em estado de choque, tinha feito coisas que jurou jamais fazer de novo com ele.

Alguns dias de reflexão durante a limpeza reavivaram a sua memória, fazendo com que recuperasse o juízo. Sipho foi apanhado de surpresa. Ele não sabia o que esperava mesmo. Sabia apenas que precisava de alguém que lhe fizesse sentir-se um homem novamente, alguém que o adorasse como Zola e Mvelo uma vez o adoraram. O facto é que tiveram mesmo esses sentimentos por Sipho, mas também tinham as suas próprias vidas, que não gravitavam em redor dele. Ele descobriu que, embora Zola fosse afável e gentil do lado de fora, era feita de puro aço do lado de dentro.

Já não guardava rancor em relação a ele. Na verdade, era justamente o contrário. Estava feliz por vê-lo, e deixou isso claro, mas não iria permitir que ele entrasse mais uma vez na sua vida como seu sustento e salvador.

Não precisava mais da sua protecção. A vida no bairro de lata ensinou-lhe a endurecer, a sobreviver e a sustentar a filha. Sipho não era mais o Deus que tinha sido para ela antigamente.

Ele ficou louco. Sentia-se perdido e vulnerável. Queria que Zola fosse um porto seguro para ele, para levá-lo de volta à sua velha e confiante personalidade, a que existia antes de começar a depender do salário de outra pessoa. Ainda não podia prometer a Zola que não haveria outras competindo pelo seu amor, mas, naquele momento, ela era a mulher que ele queria.

A recusa de Zola levou-o para os braços de muitas mulheres desesperadas de Mkhumbane. Ele chamava-lhe "cura sexual". Ele precisava afirmar sua masculinidade e retomar novamente o equilíbrio. Zola observava-o de longe, decepcionada com ele. Até Mvelo sabia que o que ele estava a fazer não estava certo.

Ela estava a crescer e foi levada a acreditar que havia certas expectativas quando uma pessoa declarava o seu amor por alguém. Não parecia certo distribuir o amor por toda a parte. Além disso, tinham aprendido sobre a disseminação do HIV na escola, o que a deixava preocupada pela situação de Sipho.

Ele retornou ao seu velho consultório de advogados e continuou a fazer as vezes de salvador da pátria para quem estivesse com um aviso de despejo, e os tsotsis de uMkhumbane ficaram eufóricos com sua volta.

Sua insaciável ânsia pelos afagos femininos levou mulheres a lutarem várias vezes no seu consultório. Sipho envolveu-se com diversas secretárias da empresa, que não conseguiam resistir aos encantos de um advogado poderoso. Estes encontros secretos não permaneceram em segredo por muito tempo. Algumas dessas secretárias jovens e ingénuas acreditaram que ele poderia ser um degrau para melhores cargos na empresa; outras foram seduzidas pelo seu carisma. Bebia mais do que de costume para tentar se esquecer de Nonceba e da dor de ter sido rejeitado por Zola. Trabalhava durante o dia, dormia com as secretárias quando era tomado pelo desejo e bebia à noite com seus amigos no bar.

CAPÍTULO 13

Sipho estava com uma ressaca avassaladora quando Joy, sua secretária pessoal, apareceu na porta da sua casa aparentando estar fortemente drogada. Era sábado de manhãzinha, e seus grandes olhos pareciam vidrados, além de estar com os lábios secos, como se estivesse há dias sem comer. Foi só então que ele percebeu o quanto ela tinha emagrecido. Um calafrio percorreu o seu corpo quando ela se sentou ao lado dele na varanda. Então, ela largou a bomba que o deixou atordoado.

"Estou grávida de um filho teu", ela suspirou profundamente. Não estava feliz. Era muito mais jovem que Sipho e planejava estudar. Não queria ser secretária para o resto da vida. Sentia-se tola por se deixar seduzir pelo charme do chefe.

Sipho ficou com os ouvidos a zunir. No fundo, na sua mente, ele sempre soube que esse dia iria chegar; era descuidado em relação às mulheres. A sua mente astuta parecia encolher e virar de cabeça para baixo quando as suas partes de baixo entumeciam. Ele acatava àquelas que, como Nonceba, exigiam camisinha. Mas agia sempre como se fosse responsabilidade da mulher cuidar dos métodos contraceptivos e, Deus o livre, das doenças.

Joy, aflita, fez Sipho sentir-se culpado. Ele sabia que estava errado. Era mais velho, e ela estava num cargo subordinado. Ele se aproximou dela. "Não chores, por favor. Estou aqui. Eu vou ficar aqui. Vou te apoiar na decisão que tomares".

O corpo dela enrijeceu. "Que papo é esse, na decisão que tomares?". Ela afastou-se dos braços dele para encará-lo com uma fúria contida.

Sipho sentiu-se indefeso. "Digo, caso queiras, ou não queiras, ter o bebé", disse hesitantemente, apontando para a barriga dela que não estava nem um pouco grande.

"Ah não, eu não estava sozinha nessa. Tu ficaste lá a gemer meia dúzia de palavras bonitas quando meteste a tua sementinha imunda dentro de mim. Agora, queres que eu decida sozinha!". Sentia raiva dela mesma, porque sabia que não era a única mulher na vida dele.

Mas quando soube das outras, era demasiado tarde. Estava louca por ele, apaixonada de uma forma que ia além da compreensão, e não conseguia largá-lo. Sentia amor e ódio por ele ao mesmo tempo. "Eu não vou abortar, e eu espero que vás te explicar aos meus pais". O lado submisso de Joy tinha ficado no passado. Sipho ficou parado no lugar, perplexo ao ver tal transformação. A cabeça dele continuava a latejar de todo o uísque que havia bebido na noite anterior. Ele só concordou porque queria ver-se livre dela logo para poder voltar a dormir.

Depois de um mês sob tensão e sob os olhares raivosos de Joy, que passou boa parte do tempo a vomitar na casa de banho, tudo foi por água abaixo. Ela tinha ido fazer exames de rotina, e a sua última visita à clínica trouxe más notícias. Além de estar grávida, era também seropositiva. Quando tomou conhecimento, desmaiou no consultório da conselheira, que usou o número de telefone que Joy escreveu no formulário para contactar Sipho. "Senhor, precisamos que venha aqui o mais rápido possível. A sua namorada está com complicações".

Sipho sentiu o coração disparar, com as batidas a pulsar com o medo que percorria o seu corpo. Receber um telefonema de uma clínica daquelas faz tremer as pernas de qualquer um. Fez o trajecto até o Hospital Addington em piloto automático. Sentia as pernas pesadas, e pisar os pedais tornou-se um esforço físico, como uma cena de um filme de acção em câmara lenta.

Ele nunca fumou, mas, naquele momento, ansiava por um cigarro. Parou na frente da porta do consultório, mas não bateu. Sentiu um desejo incontrolável de virar as costas e fugir a correr o mais rápido possível.

Mas a porta abriu-se antes. A conselheira tinha uma expressão gentil no rosto. Ela o espiou pela porta e deu um sorrisinho tristonho, reconhecendo a dor dele.

Já estava acostumada com aquilo. Foi formada para acalmar pessoas e para mudar a mentalidade delas: do sentimento de desgraça às conversas sobre como controlar a doença que estava nas suas veias.

Joy dormia sossegadamente no chão do consultório, sem sapatos. Agora, já se via um pequeno volume na sua barriga, ainda que continuasse esbelta. "Joy veio fazer um teste. Tive de chamá-lo porque vi que você é o pai do bebé que ela traz na barriga. Ela vai precisar da sua ajuda para chegar em casa. Agora está a descansar. Vamos dar um tempo para ela e, então, o senhor pode levá-la para casa".

"Que teste? Qual foi o resultado? Por que ela desmaiou?", Sipho fez todas as perguntas sem dar à conselheira o tempo para responder.

"Bom, é Joy quem vai decidir se deve explicar ao senhor quando acordar". Naquele exacto momento, Joy acordou e pôs-se de pé, com um olhar confuso.

Quando seus olhos identificaram Sipho, ela atirou-se para cima dele, a gritar e a golpear-lhe o rosto. "Seu assassino, mataste-me. Vou morrer de uma doença que eu achei que nunca fosse apanhar". Lançava seu veneno sobre ele como uma cobra que foi pisada. "Achei que eras um homem saudável, decente, mas és o putanheiro da cidade. Olhe o que aconteceu com nós dois. Não adianta tentar negar. Eu sei que foste tu. Eu estava bem antes de apareceres".

Então, ela desabou numa cadeira e chorou mais um pouco. Tinha o cabelo despenteado. Parecia uma maluca. A conselheira deu-lhe um saco de papel pardo para respirar dentro e se acalmar.

Sipho ficou sentado com o rosto latejando pelos golpes de Joy. "Rende-te", repetia uma voz na sua cabeça. Tinha de se render às notícias. Perguntou tranquilamente à conselheira se poderia fazer um teste. Estava ciente de que era uma formalidade, pois no fundo da alma sabia que não havia como não ter a doença. Há tempos perdera a conta do número de mulheres com quem havia se envolvido. Finalmente, ele levou Joy, que estava esgotada, para casa.

Depois de toda aquela discussão, ela simplesmente apagou e dormiu um sono intermitente.

Para Sipho, aquela noite a aguardar o resultado do teste foi a mais longa da sua vida. Imagens de várias mulheres piscaram na sua mente, mas foi a lembrança de Zola que lhe deu um nó na garganta.

De manhã, a almofada dela estava encharcada com as lágrimas amargas do seu arrependimento.

Durante a consulta, pôde ouvir as palavras da gentil enfermeira á sua frente, mas sentia como se estivesse debaixo d'água. Embora ele esperasse que o resultado fosse positivo, a confirmação fê-lo soluçar pelas vidas que ele tinha arruinado.

CAPÍTULO 14

Quando Sipho veio visitá-las, Mvelo ficou feliz de vê-lo, como de costume. Mas desta vez, ficou surpresa. Em vez de deixar que ela o acompanhasse até a saída, ele pediu para que Zola fosse com ele até o carro.

Daquele dia em diante uma nuvem negra pairou sobre a palhota. Zola caiu novamente em profundo silêncio. Ela fazia visitas frequentes á clínica, e a sua busca pela igreja ganhou urgência. Ela e a filha tornaram-se devotas exemplares.

Um dia, ela pediu a Mvelo para se sentar e lembrou-lhe do dia em que Sipho chegou dos Estados Unidos. Com o calor das lágrimas que lhe corriam pelo rosto, disse que tinha contraído HIV naquele dia. Ela nunca foi de falar abertamente sobre sexo com Mvelo, mas, naquele dia, contou a filha sobre não ter usado protecção com Sipho depois do seu regresso. Nunca tinha estado com outro homem desde o dia em que rompeu com ele.

Mvelo sentiu uma pedra pesada afundar-se no seu peito. Odiou Sipho por fazer Zola chorar de novo. Tinha a impressão que o destino da mãe girava em torno dele. Demorou até conseguir olhar-lhe nos olhos de novo.

Zola exibia os sintomas clássicos de alguém que enfrentava questões de vida ou de morte. Disse a Mvelo para se apressar e deixar seu ódio de lado, porque a vida ia deixá-la para trás. Era o medo da doença que dava tanta raiva em Mvelo. Ela odiava Sipho por ter infectado a sua mãe e por ter terminado com Nonceba. Odiava Joy porque queria um bode expiatório, queria culpar alguém pela tristeza que entrou nas suas vidas.

No dia em que Zola lhe falou sobre ter contraído HIV, Mvelo fez uma longa caminhada pelo labirinto das barracas, sem destino, só para tentar fugir do próprio choro. Um pedaço de chapa de metal saliente e afiado arranhou-lhe e fez sangrar a perna. Mas em vez de dor, sentiu uma calorosa sensação de tranquilidade, e a visão do sangue trouxe toda sorte de ideias para curar Zola. Sob o luar, ela olhou fixamente ao sangue que se esvaía do seu corpo e sentiu um alívio da pressão que aumentava dentro de si. Olhou para o seu sangue limpo e achou que seria possível. Um médico inteligente poderia drenar o sangue infectado de Zola, injectando nela o sangue de Mvelo.

Agora, em certas noites, após escutar Zola chorar baixo até adormecer, Mvelo acordava para se cortar com uma lâmina, para ver o sangue e sentir aquela sensação de tranquilidade novamente.

Dois meses depois de receber as notícias, Joy bebeu Lixívia e foi encontrada em posição fetal na casa de banho do escritório.

O bilhete dizia apenas: "Lobos em pele de cordeiro que fingem amar... Vocês podem ganhar até algumas, mas acabam de perder esta".

Aquela questão mal resolvida começou a corroer Sipho por dentro. Seu estado deteriorou-se rapidamente após a morte de Joy. As suas pernas recusavam-se a carregá-lo. Perdeu tanto peso que, o seu corpo alto tornou-se assustadoramente fraco. Zola e um grupo de voluntários foram visitá-lo quando ele estava trancado em casa, alimentando-se da própria autocomiseração. Limparam a casa, mas Zola insistiu em preservar a dignidade dele, sendo a única que trocava suas roupas e que lhe dava banhos de esponja.

Mvelo simplesmente desligou. Queria apagá-lo da memória. Estava fula com Zola e proibiu-a de falar sobre ele á sua frente.

Os boatos voavam á solta. As pessoas falavam em cochichos. Foi então que Mvelo sonhou com Sipho. No sonho, ele chorava e se afogava. Ela tentava desesperadamente puxá-lo para a superfície, mas ele soltou a sua mão. "Se alguma vez acreditaste em algo a meu respeito, acredita nisso que vou te dizer: eu te amo", ele disse, deixando-se levar pelo mar com um sorriso no rosto. Ela acordou trêmula e ensopada de suor. Precisava ver Sipho pelo menos uma última vez, porque sabia que, por trás de toda a sua raiva, ela ainda o amava como o único pai que teve. Quando contou o seu sonho a Zola, sua mãe pediu para que se sentasse e então disse: "Eu sei que achas que eu estou a ser uma parva por fazer o que estou a fazer, mas o que eu posso dizer-te é que, se eu guardar rancor dele, que errou comigo, eu morreria rapidamente e te deixaria sozinha. E não estou pronta pra isso. E, quanto a teres ódio com tão pouca idade, eu temo que isso vá ser um peso pra ti e que vai fazer a vida passar em vão.

Não é pelo Sipho que faço as coisas que faço. É por mim. É para me manter viva e saudável com um propósito. Além disso, nós já o amamos uma vez. Esse amor não morre tão fácil assim. Acho que ele está preso no fundo do seu coraçãozinho. É por isso que agora estás a ter esses sonhos". Enquanto Zola falava, Mvelo observou que sua mãe havia mudado a forma de pensar sobre a vida. Parecia estar mais calma e mais sábia.

Mvelo visitou Sipho após evitá-lo durante meses e ficou chocada com o que viu. Sipho era uma pálida imagem do seu velho eu. Os olhos dele encheram-se de lágrimas quando a viu, amadurecida e esbelta, como uma versão mais nova de Zola. Não disseram nada. Mvelo sentou-se ao lado da sua cama e ambos se olharam. Falaram com os olhos e absorveram um ao outro. Naquele momento, Mvelo removeu a muralha que tinha no peito e permitiu que a dor e a frustração a purificassem, trazendo de volta seu verdadeiro eu.

Sipho ficara mais fraco fisicamente, mas seu espírito permanecia o mesmo. Em dias melhores, ainda conseguia arrancar risadas delas.

Ele deu a casa ao seu irmão, os destroços a boiar no rio. Talvez se Mzokhona tivesse um lugar para ficar, ele iria mudar, era o que Sipho esperava. A sua quota no consultório de advogados foi vendida por quase nada aos seus sócios. Como ele não era casado, seus assuntos pessoais eram tratados pela sua mãe, com ajuda dos amigos advogados. Ele concordou com tudo, mas teimou em recusar quando ela se ofereceu para levá-lo de volta a eMpendle junto com ela. Ele preferiu o centro de cuidados paliativos do Hospital Addington.

Enquanto esteve lá, fez as enfermeiras rirem e alegrou os outros pacientes com as suas piadas. Alguns dias foram mais felizes, outros foram insuportáveis. Afundava-se de tempos em tempos num estado de melancolia, principalmente quando Nonceba ou Zola eram o assunto da conversa. Talvez fosse a culpa, mais do que a própria doença, que o aniquilasse.

A unidade de cuidados intensivos foi o seu último lar. Nunca mais voltou a ver Nonceba. Um dia, estavam todos a rir, enquanto ele contava uma piada a Zola. A intensidade da sua gargalhada foi forte demais, e o seu coração não resistiu. Morreu a rir.

CAPÍTULO 15

As piadas de exaltação à vida de Sipho conseguiam acalentar até os corações mais frios. Ele tinha sido a luz no meio da morte e da doença na casa de repouso. Os trabalhadores apelidaram-no de Patch Adams, apesar de não ser médico, já que a sua gargalhada parecia ter efeitos curativos.

Quando Zola percebeu que ele tinha falecido, caminhou lentamente até a janela. Ela queria ver se alguma coisa tinha mudado do lado de fora, se o mundo estava a velar a sua morte. Mas as nuvens cinzentas devolveram o olhar, indiferentes. O oceano ainda tentava alegremente os turistas, enquanto os ambulantes gritavam os preços das suas bugigangas. As mulheres da noite, agora a trabalhar em plena luz do dia, tragavam seus cigarros e seduziam os transeuntes como sempre. Traficantes negociavam soruma Durban Poison e recebiam em troca o dinheiro de cidadãos de fato, asseados, mas frustrados. O cego de voz angelical continuava sentado na esquina a cantar Summertime, mas a vida não era fácil.

Zola começou a ralhar incessantemente com Deus e os antepassados. A seguir fez uma súplica altruísta em nome do Sipho, dizendo a Deus e aos antepassados uma lista das coisas que ele gostava, a começar pela lua. "Ele amava a lua", disse, "receba-o com o luar. E amava mulheres, antepassados. Façam com que várias estejam lá para recebê-lo. Depois, as crianças. Traga os som do riso das crianças. Ele vai ficar contente com isso. Ah, e também música. Não músicas tristes, mas música de tambores e das vozes de princesas africanas. Traga-as junto com *Mfaz' Omnyama*, a lenda do *maskandi*, a tocar viola".

Zola sempre soube que amava Sipho, mesmo com toda a dor e sofrimento que ele lhe causou. Não conseguira aguentar suas mulheres, mas, naquele dia, renunciou a ele de maneira livre e altruísta.

Mvelo começou a chorar; estava aliviada. Finalmente, chegara o dia do perdão de Sipho.

A velha rabugenta da mãe ficou estarrecida quando ouviu o último desejo que ele transmitiu a Zola. Era típico de Sipho, um piadista até o fim. Tinha pedido para que no seu funeral as mulheres tirassem as calcinhas e pusessem no seu caixão. É claro que a mãe dele nunca anunciaria tal coisa. Zola, no entanto, riu tanto do pedido de Sipho quanto da reacção da mãe. Zola sempre se perguntou como podia Sipho ter vindo daquela mulher tão seca.

A mãe de Sipho estava determinada em não entregar nem um mísero centavo do dinheiro que Sipho queria deixar para Zola. A velha não iria contar que Sipho lhe implorou e suplicou para que Zola e Mvelo ficassem com o seu dinheiro e sua casa, coisa que ela nunca aceitaria. "Só por cima do meu cadáver", foi o que disse para si mesma. Ficou a bufar de raiva ao ver que o filho escolhera uma mulher jovem da cidade, que nem era casada com ele, para herdar o seu dinheiro em vez da própria mãe. As palavras do filho foram como uma faca no seu coração. Fê-la lembrar do pai de Sipho, que foi engolido por Ndongazibovu, as paredes vermelhas de Joanesburgo, com as suas moças jovens que exibiam curvas que ela não tinha.

Quando todos se reuniram para se despedir dele, os homens ficaram perplexos. "*uSipho ubeyisoka lamanyala*", era um homem com jeito para as mulheres. Como podia um homem ter tantas mulheres apaixonadas por ele?

"Xi, meu irmão. Todas as ex-namoradas do gajo estão aqui", disse em voz alta o irmão bêbado, provocando risos entre os homens enlutados. "O quê ele tem que nós não temos?". Eles coçavam as cabeças, sabendo que as suas ex-namoradas nunca falariam com eles em vida, quanto mais comparecerem nos seus velórios. Alguns ficavam parados num estado de torpor. Outros babavam descaradamente ao ver e sentir o perfume das mulheres do passado, do presente e do futuro de Sipho: altas e baixas, jovens e velhas, gordas e magras. Todas lindas na sua tristeza colectiva.

O sol brilhava e o céu estava limpo, com um tom de azul intenso. O dia estava sereno como a clareza da sua mente no final da sua vida. Depois de velarem-lhe o corpo, o céu desabou sobre as suas cabeças. Caiu uma chuva feroz, de pingos grandes e refrescantes. A terra e as mulheres ficaram encharcadas. O solo exalava um cheiro delicioso. As mulheres ficaram debaixo da chuva e estenderam os braços para receberem o beijo da água. Chutaram para longe os saltos altos e caminharam descalças, rindo e chorando enquanto os homens o abaixavam cuidadosamente para o local do seu descanso eterno, a terra que tudo consome.

Mvelo fez uma prece desesperada, a rezar para que a sua mãe fosse poupada pela terra que engolia sem mastigar, banqueteando-se com o que recebia, insaciável.

E, exactamente como Sipho gramaria, uma cacofonia de sirenes interrompeu a música triste que acompanhava o caixão para o fundo da terra, perturbando a cerimónia como o arranhar estridente de uma agulha sobre um velho disco de vinil. Quatro polícias de trânsito de mota escoltavam uma imponente Mercedes preta que parou no estacionamento do cemitério. A música cessou e todos se voltaram para olhar. Então, a mãe de Sipho deu um grito de surpresa quando uma mulher de sua idade, mas mais alta, elegante e em melhor forma, saiu do carro. Ela vestia um vestido de um vermelho intenso e um chapéu que exibia uma pena comprida e brilhante de uma ave exótica. Pérolas finas adornavam-lhe as orelhas e o pescoço.

Um chofer de preto ficou em sentido ao lado do carro. A mulher enxotou os polícias de trânsito que tinham-lhe aberto o trânsito. Eles bateram continência, assentiram e foram-se embora. Então, ela desfilou na direcção da multidão reunida no local, com o peito empinado, as costas aprumadas e os ombros firmes, em passos precisos. Tinha a aparência de uma mulher que tinha sido bailarina quando era nova.

A multidão permaneceu calada enquanto ela se aproximava. Foi directo até a mãe de Sipho pedir satisfações. "Harriet, o que pensas que estás a fazer? Como podes fazer o enterro do Danny sem me avisar? Depois de tudo o que eu fiz por ti, resolves ignorar-me desta forma?". Tremia de tão furiosa. Falou em zulu perfeito e houve murmúrios de surpresa na multidão.

O que aconteceu a seguir deixou todos impressionados. MaMdletshe enfrentou-a: "O nome dele é Sipho, não Danny, Julia, e eu não te devo nada. Mas antes que me acuses de ingratidão, é bom que saibas que fui até a tua casa avisar, mas os teus seguranças correram comigo".

Esta era Julia, que tinha sido patroa da mãe de Sipho durante quinze anos, com quem sempre teve uma rivalidade feroz na disputa pelo carinho do seu filho. Julia falava com ele em inglês, excluindo a mãe das conversas que tinha com Sipho, mas agora que maMdletshe estava no seu próprio território, iria dar sua opinião. "Tentaste roubar o meu filho. Tentaste por filho contra a própria mãe, enchendo a cabeça dele com as tuas esquisitices, mas falhaste, Julia. Falhaste, e Sipho, o meu filho, recuperou o seu nome e voltou pra mim".

Julia criou Sipho academicamente, pagando os seus estudos universitários. Por isso, sentia que poderia reivindicar a sua memória. "Eu vi que ele tinha talento e só queria ajudar o moço a realizar os seus sonhos. A escola aqui da vila ensinou-lhe os fundamentos, Harriet, mas depois que ele terminou o secundário, alguém tinha que ajudar. Foste tu quem se foi embora. Fui eu quem insistiu pra que ele te visitasse. O que queres de mim?".

"Sabias que eu quase enlouqueci quando levaste o meu menino pra outro país contigo? Por que quiseste roubar o meu filho?", maMdletshe quis saber.

"Mas eu não quis! Eu paguei a faculdade dele e fui embora porque não aturava mais este país e toda a palhaçada deste lugar", Julia disparou.

Então, foi a vez da mãe de Sipho assumir o bate-boca. "Mas voltaste, não foi? Lar doce lar, não é, Julia? Sentiste a nossa falta naquele lugar onde o sol não aparece durante meses e onde não tens empregada para limpar a sanita. Deves ter sido muito infeliz".

Julia deu um suspiro exasperado, fez um gesto de impaciência e ordenou aos homens para que levassem o caixão embora com um movimento das mãos. Obedeceram imediatamente, como costumavam fazer diante das madames.

"Danny tinha um espírito livre, Harriet, ele não era de ninguém", Julia disse. Depois liquefez-se em lágrimas.

Uma sensação de enternecimento tomou conta da mãe de Sipho. Ela pegou a mão de Lady Julia e a levou para o caixão, onde pararam, lado a lado, por um instante.

Então, a música começou. Mas não era a melodia fúnebre de um velório. Eram as vozes das princesas que Sipho amava.

As pessoas de outro funeral, que enterravam alguém próximo ao túmulo de Sipho, eram da Igreja Sionista e tinham tambores. Quando eles ouviram as princesas cantar, acompanharam a melodia com a batida de seus instrumentos de percussão, enquanto um chapa passava com uma música de Mfaz' Omnyama a todo volume na aparelhagem do carro. Os convidados do enterro de Sipho começaram a bater palmas, a cantar e a dançar.

Mvelo olhou para a mãe e viu satisfação. As preces de Zola tinham sido atendidas, e o seu Sipho teve um funeral festivo. Então, Mvelo olhou para a velha senhora branca que tinha enfrentado a mãe de Sipho e chegou à conclusão que gostou dela. Essa tal Lady Julia era mimada e esperava que o mundo fizesse suas vontades, mas era preciso ter coragem para vir até aqui neste dia.

O que ninguém sabia era o verdadeiro vínculo entre os dois. Foi ela quem lhe apresentou o fruto proibido. Um dia, ela tinha-o surpreendido enquanto ele tomava banho, e o que se seguiu fez dele o homem confiante que dedicou a vida a conquistar mulheres.

Quando a mãe resolveu deixar de trabalhar para Julia, ele desobedeceu pela primeira vez, recusando-se a voltar para casa com ela. O que deixou a mãe de coração partido, e foi duro para Sipho. Mas ele queria os confortos da vida de cidade. A ideia de regressar para a zona rural era demais para ele. Não arredou o pé e prometeu que visitaria sua mãe.

Agora que os convidados do enterro se preparavam para retornar á casa de repouso e continuar a recordar histórias antigas de Sipho com aqueles que estavam demasiado doentes para comparecer, Julia deixou a vida de Sipho pela última vez. Os faróis brilhantes da sua Mercedes foram desaparecendo no horizonte enquanto ela regressava à sua mansão no afluente subúrbio de Kloof.

Nessa noite, depois do enterro, Mvelo escutou a mãe contar recordações de Sipho para a vizinha, Dora, do lado de fora da palhota. Zola gostava de sentar-se sob o luar nas noites de verão. Ela tirou o papel alumínio que tapava os queques que trouxeram do funeral, para o jantar, e ofereceu um a Dora. Zola não comeu nenhum. Era assim que conseguiam economizar para a refeição seguinte: ao saltar uma, caso não estivessem com muita fome. Ela chamou Mvelo para levar o resto dos queques para dentro. "Está na hora de dormir, Mvelo. Tens de ir pra cama. Vou ficar aqui com a Dora".

Mvelo ouviu a mãe dizer para Dora que mesmo com todas as mulheres que foram ao enterro, Sipho não era nenhum santo. "Era um sedutor. Tirar calcinhas era com ele mesmo, mas um santo homem? Longe disso", riu com melancolia. "Eu amava Sipho desde quando era adolescente, mas agora sou uma mulher adulta. Por mais que eu tenha idolatrado aquele lá, como as outras fizeram, ele era um homem imperfeito, com muitos defeitos, e alguns deles tiveram consequências fatais. Seu charme deixou muitas mulheres entre o amor e ódio. Não é assim mesmo, aqueles que mais amamos são os que mais nos ferem?

Ele tinha esse talento pra decifrar as mulheres e assumir o papel que achava que ia agradar a cada uma delas. Ele me sustentou e foi um protector para mim, foi um pai para a minha filha e, com Nonceba, foi um homem loucamente apaixonado e muito vulnerável. Tinha uma necessidade incessante de ser amado. Como todas as mulheres dele, eu não estava imune. Eu tinha uma devoção por ele, mas não era cega. Eu sentia a tristeza dele. Tinha todo aquele amor à sua disposição, mas ninguém o conhecia de verdade. Ele costumava dizer que se sentia como um virgem com cada mulher nova, porque encontrava novas curvas, novas fragrâncias e novos movimentos". Zola e Dora riam baixo, como meninas a partilhar segredos. "Ele não era bonito. Era a sua presença que deixava as mulheres confusas e perdidas". Zola parecia fazer esforço tentando encontrar as palavras certas para explicar o seu amante. "Quando os amigos perguntavam, ele sempre dizia: 'A mulher que me fez homem não era nenhuma menininha desajeitada e acanhada. Eu era um rapaz desajeitado, mas ela era vivida, como o vinho'. Seus olhos brilhariam ao ver os homens a beberem cada palavra que ele dizia.

Ele então bebia um gole de uísque. 'A mulher é

uma criatura misteriosa, dizia ele, com subtilezas para se estudar de perto. A minha primeira ensinou-me como tratar uma mulher até ela se derreter feito manteiga nas minhas mãos quentes. Comigo, elas não gritam; elas gemem como belas e poderosas felinas na selva. Algumas choram até não poder mais e falam em línguas, porque a coisa passa a ser uma experiência religiosa para elas'. Depois ele e ria também como um gato lambuzado de natas".

Esta conversa sobre sexo deixou Mvelo horrorizada. Era um lado da mãe que ela não conhecia. Sentiu remorsos por escutar a conversa, mas ficou plantada no lugar. Ela conseguia ver Zola pela fresta na porta. Baixou o olhar enquanto a mãe falava com Dora, que praticamente não fazia comentários, apenas limitando-se a sorrir e concordar, como se dissesse "Sim, sei como é". Mvelo sentia-se feliz pela sua mãe, que tinha uma mulher adulta com quem conversar. Dora era o retrato da compaixão.

Mvelo observou a mãe ajeitar com as mãos a saia preta que vestia. Depois de um longo e profundo silêncio, ela disse, "Sabe, Sipho tinha pavor de ser só quem era de verdade. Ele nunca confiou em nenhuma das suas mulheres e nem deixou que o amassem fosse como fosse. Foi só no leito de morte que ele tentou tirar a máscara e, mesmo assim, foi só comigo e com a minha filha". Mvelo nunca tinha ouvido a mãe falar de assuntos tão pessoais com ninguém antes. Então, Zola contou a Dora sobre o pedido que Sipho fez a ela, para que acabasse com a vida dele, caso algum dia ele não pudesse mais arranjar-se sozinho.

Dias antes de falecer, ele pegou e segurou firme no braço dela. A força dele surpreendeu-a. "Se eu começar a cagar-me todo e deixar de conseguir falar ou de te reconhecer, tens de me fazer um favor. Deixa-me descansar, deixa-me partir.

Usa uma almofada, uma faca, qualquer coisa que ponha um fim ao meu sofrimento. Eu te causei tanta dor. Eu não mereço a tua bondade. Mas se alguma vez me amaste, peço-te, não me deixes viver nem mais um minuto quando eu me tornar um morto-vivo", ele sussurrou com o olhar fixo nos seus olhos, febril e determinado, implorando por uma resposta positiva.

Zola contorceu-se de pavor, cada centímetro do seu corpo rejeitava esta maldição no desejo de um homem com um pé na cova. Mas olhando-lhe nos olhos, sabia que tinha de mentir e dizer que sim. A sua resposta trouxe um sorriso para o seu rosto. "Boa menina", disse ele, apertando-lhe a mão. Ela respondeu com um sorriso e lágrimas nos olhos, e o pacto estava feito. Sentou-se lá, sentindo-se novamente próxima dele como nos velhos tempos. Ele parecia livre e aliviado. Então, começou a melhorar, e a esperança renasceu em ambos. Mas a vida é mesmo cruel, como o afago que a galinha recebe antes de lhe torcerem o pescoço.

Zola disse que a morte dele foi como enfrentar um pelotão de fuzilamento. "Acho que eu perdi a cabeça temporariamente, meu coração foi arrancado do meu peito". Naquele instante não deitou lágrimas, mas o pranto que havia dentro dela era audível para os ouvidos compreensivos de Dora.

CAPÍTULO 16

Depois de Johan ter mergulhado numa depressão cada vez mais profunda e tomado uma overdose de comprimidos quase fatal, Petra apanhou-o de surpresa ao anunciar, em tom quase empresarial, que iria á procura da filha dele. "Temos de encontrá-la", disse ela. "Isto está a roer-te por dentro. Eu não quero te perder".

Johan apaixonou-se pela sua esposa naquele dia, depois de anos de um casamento sem amor. Os dois juntaram forças para encontrar a filha dele. Durante alguns anos tentaram localizar Nonceba, sem sucesso. Tudo o que sabia era que Zimkitha tinha um apelido que significava arbusto ou floresta na língua dela. Também sabia que tinha vindo da costa, mas não tinha certeza se era da costa leste ou oeste.

Num palpite, mudaram-se para Durban, para talvez encontrar uma pista que os levasse até Nonceba e também para ajudar a conter o flagelo do vírus HIV, que assolava a província de KwaZulu-Natal. Mudaram-se para uma casa modesta em Manor Gardens e trabalharam com jovens, aconselhando-lhes a optarem por um estilo de vida responsável. Ao contrário dos vizinhos, a casa deles não tinha grades, e ficava à mercê dos tsotsis que resolvessem fazer-lhes uma visitinha.

Depois de sair da depressão profunda Johan era outro homem. A coisa que ele mais temia — ser rejeitado pela sua família — já tinha acontecido, e ele sobrevivera. De facto, até sentiu-se livre depois do ocorrido. Deixou de estar confinado aos ensinamentos inflexíveis do pai, não precisava mais da sua aprovação. Sentia-se livre, com um renovado sentimento de propósito. Assim, Petra e ele dedicaram suas energias para ajudar a construir uma nova África do Sul.

Embora naquela altura já tivessem parado de procurar pela jovem mulher cujo nome não conheciam, os dois tinham a esperança de que o destino iria levá-la até eles.

O desejo de Petra de dar à luz era uma eterna chaga sem cura. Durante um tempo, sentiu-se em baixo e ficou deprimida, principalmente quando a natureza decidiu pôr um fim as suas reafirmações mensais de que ainda havia uma possibilidade. O fim definitivo acabou com as suas esperanças e deixou-a de coração partido. O plano do casal, de adoptar uma criança, ficou apenas em conversa. Nunca foi levado adiante, pois estavam sempre muito ocupados. Johan, por outro lado, ainda tinha a esperança de que, um dia, encontraria o fruto da sua própria carne. Ele continuava a observar as jovens mulheres de trinta e poucos anos, na tentativa de encontrar os olhos ferozes de Zimkitha devolvendo-lhe o olhar.

Petra dedicou-se a ajudar mulheres jovens com problemas mais graves que os seus, o que distraiu-a da sua própria dor. A Bíblia continuava a ser o seu conforto.

O casal passava a maior parte dos dias nos bairros de lata nas vizinhanças, fazendo visitas a domicílio a quem estava demasiado doente para ir até os hospitais. Aprenderam sobre a dignidade e o jogo de cintura dos moradores das barracas.

Ainda que as seus barracas parecessem pouco convidativas do lado de fora, os interiores mostravam uma incrível capacidade de inovação e sobrevivência. As paredes eram decoradas com belos papéis de parede feitos com revistas e papel de presente. Quase todas tinham televisões, algumas funcionavam com baterias de carros. As barracas que ficavam próximas dos subúrbios frequentemente tinham ligações ilegais que as conectavam à rede eléctrica da cidade.

Petra ficava constantemente impressionada com a forma como os moradores faziam planos e viviam a vida em pleno. Nos fins de semana, os rádios tinham o volume no máximo, as pessoas dançavam, sacudindo as ancas para lá e para cá ao som da música. Se um dos moradores se entregasse à morte, a comunidade se reuniria, oferecendo ajuda para enterrar um dos seus com a devida dignidade.

Mas havia coisas que não faziam sentido para ela. As lutas que aconteciam durante as bebedeiras, os constantes incidentes de crianças que perdiam a inocência em violações brutais e o número crescente de meninos e meninas que tinham de arranjar-se sozinhos.

Os dois voltavam para casa exaustos depois das visitas, permaneciam em silêncio no carro durante o caminho, cada um concentrado nos próprios pensamentos sobre o dia que passara. Às vezes, era um sentimento de desolação diante do caos das vidas humanas que lutavam pela sobrevivência dia após dia. Às vezes, enchiam-se de esperança ao ver um paciente recuperar no seu leito de morte. Era uma montanha-russa emocional. Petra manteve o foco em angariar fundos junto das ONGs internacionais e das igrejas. Quando Johan não estava nos bairros de lata, estava a estudar novas pesquisas sobre o vírus da SIDA. Formava jovens voluntários para serem provedores de cuidados e tratava enfermidades desde aftas até tuberculose.

Petra escrevia cartas extremamente pessoais e sinceras aos doadores. Foi esta abordagem que garantiu todo o financiamento do trabalho que faziam. Ela gostava de usar uma história que falava em salvar, uma por uma, milhões de estrelas do mar cuspidas pelo oceano.

Dizia que estava ciente de que era impossível salvar todas, mas que, quando conseguia atirar algumas de volta para a água, ganhava força para acordar e voltar a fazer de novo no dia seguinte. Para ela, bastava fazer a diferença na vida de alguém. Nos dias difíceis, Johan sentia que essa mulher incrível era a fonte de sua energia.

Foi num desses dias longos e difíceis que chegaram em casa e se depararam com um bebé a chorar enrolado num cobertor á frente da porta da casa deles. Entreolharam-se em choque e incrédulos. Petra pegou na criança que berrava, colocou de encontro ao seu peito e acalmou-a. Johan ficou parado em frente à porta, tentando pensar n o próximo passo a dar. O bebé acalmou-se, e Petra também permaneceu em silêncio, junto com ele.

"Terás uma criança", disse suavemente. "O quê?", Johan perguntou.

"E o Senhor disse: Terás uma criança. Lembras daquela fábula sobre Abraão e Sara? Eles estavam velhos e já em idade avançada. O senhor apareceu diante deles e disse..."

"Ah, não, não, não, Petra, não podemos. Somos velhos e demasiado ocupados pra criar uma criança. Por favor, vamos à polícia amanhã de manhã. Nós não sabemos nem se essa criança está doente, ou sei lá o quê".

Johan entrou em pânico quando viu a cara que ela fez. "Talvez a mãe estivesse bêbada, talvez ela volte sóbria amanhã", disse ele. Mas viu uma determinação ferrenha nos olhos de Petra. Ela iria enfrentá-lo nessa decisão.

Usaram o leite fortificado que tinham para as mães seropositivas que não podiam amamentar. A bebé chupou o leite com energia, como um bezerro sedento, e dormiu contente. Foi um despertar dos instintos maternais que estavam dormentes dentro de Petra. Estava completamente arrebatada por este novo milagre de vida que acabaram de encontrar. Não ouviu nenhuma das reclamações de Johan. A excitação era tanta que não queria sequer ir à polícia. Se pudesse, ficaria com a bebé sem ter de lidar com nenhuma restrição jurídica.

Johan conseguiu convencer e tranquilizar a esposa, explicando que só poderiam ficar com a bebé após comunicar o incidente à polícia e solicitar formalmente a guarda dela, caso ninguém fosse procurá-la. Ele não achava que os assistentes sociais deixariam que ficassem com a criança.

No dia seguinte, os polícias foram até a casa deles para registar um auto. Com autoridade, disseram que legalmente o bebé deveria ser entregue ao serviço de assistência social do estado, até que "resolvessem esses pendentes". Todos sabiam que demoraria anos até que algo fosse resolvido.

A voz de Petra começou a ficar trêmula, como se estivesse prestes a chorar. "A única coisa que eu digo é que temos um lar cheio de amor bem aqui e eu mesma posso cuidar da criança enquanto vocês resolvem esses pendentes que acham que vão aparecer".

A polícia foi embora e disse que voltaria com a assistência social para levar o bebé. Pareciam derrotados pela determinação daquela senhora, que protegia a criança de forma tão ferrenha. Johan não aguentava ver Petra angustiada dessa forma e até nutria uma certa antipatia pela polícia. Perguntou ao polícia se ele tinha filhos, e o homem disse que sim. "Bom, senhor agente, nós nunca tivemos filhos, mesmo depois de tentar por muito tempo. Então, você consegue ver o que isso está causando na minha esposa?".

O polícia ficou perplexo com esse casal que lutava por uma criança negra. "Essa porra desses liberais de coração puro", murmurou enquanto entrava no carro.

Uma vizinha curiosa perguntou: "Está tudo bem aí, Petra?". Petra desatou a contar toda a história do milagre que encontrou na porta de casa. "Sabe me dizer qual a palavra em zulu para encontrada?".

"*Tholakele*, a palavra é *Tholakele*", disse a vizinha, que ainda estava de pijama e que agora estava no jardim deles a dar miminhos á bebé. "Ela é tão fofa", disse.

Johan tinha perdido a luta, e a ideia de ser pai também começava a crescer dentro dele. Eles ficaram ali parados a afagarem a bebé, cheios de ansiedade, aguardando a chegada dos assistentes sociais. Enquanto isso, a bebé dormia sossegada. "Foste encontrada", Petra sussurrou para a bebé, "e eu vou baptizar-te Princesa Tholakele". Olhou para Johan atrás dela, que espiava por cima do ombro. Ele assentiu com a cabeça, e o pacto foi selado.

Um deu força para o outro, e se prepararam para a maior luta de suas vidas contra a assistência social. Arrepios percorreram-lhes as costas quando ouviram as batidas na porta. Abriram e ficaram aliviados ao ver que era Mbali, a assistente social que atendia a mesma zona dos bairros de lata que eles visitavam. Era uma senhora querida, muita calma e determinada no seu trabalho com as crianças do bairro de lata.

Petra e Johan ficaram tranquilizados quando souberam que ela cuidava do caso. Mbali disse-lhes que a adopção seria um processo demorado, que começaria assim que a polícia fizesse uma investigação detalhada para encontrar quem tinha abandonado o bebé. Enquanto isso, precisariam convencer o serviço de assistência social de que poderiam deixar a criança ao seu cuidado. Seu envolvimento com a comunidade e o histórico profissional de Johan, um médico, punha-os numa boa posição. No entanto, a idade, ambos com quase sessenta anos, e o facto de serem de uma raça diferente da criança, tendo outra bagagem cultural, poderia ser um problema. Não tinham pensado nessas questões.

"Sim, a criança é negra", argumentou Petra, "mas como definir a bagagem cultural dela? Ela não deve ter nem uma semana de vida ainda. Poderia ser Zulu, Xhosa, Congolesa ou qualquer outra coisa. Gostaria que eles me dissessem como vão conseguir determinar a bagagem cultural dela!".

Mbali acalmou-a, lembrando-lhe que estava do seu lado. "Estou do teu lado nesta luta. Sabes que eu vou dar o meu melhor pra te ajudar, mas, por enquanto, se quiseres ganhar essa luta, aconselho a arranjar um bom advogado".

Perceberam que as suas vidas tinham mudado num piscar de olhos. Quanto mais difícil a situação parecia ficar, mais obstinados se sentiam. Depois da visita de Mbali, foram fazer compras para tornar a vida da bebé o mais confortável possível. Petra assinou revistas sobre maternidade e encontrou um grupo de apoio para pais que adotaram bebés de raça diferente da sua.

Mbali deu a eles o número de uma advogada influente, uma amiga dela que tinha acabado de voltar para a cidade. Disse que a mulher era alguém que lutava como um pitbull, que nunca desistia, principalmente em casos que envolvessem crianças. "Ela só aceita casos que são importantes para ela", Mbali explicou. "Ela é meio estranha, mas não deixe que isso influencie sua opinião. Vai lutar por vocês até que tenham o direito legal de serem os pais dessa princesinha". Petra segurou o pedacinho de papel como se sua vida dependesse daquilo. "O nome dela é Nonceba Hlathi", Mbali disse. E acrescentou, corriqueiramente: "Hlathi significa arbusto".

Johan sentiu sua pele formigar por um instante. Mas seria coincidência demais. Sentou-se, silencioso e pensativo, enquanto Mbali e Petra falavam sobre a papelada. "E no que o senhor está a pensar assim tão sério, pai da Princesa?", Petra perguntou, de um jeito brincalhão, depois que Mbali foi embora.

Todas as lembranças de Zimkitha inundaram a mente de Johan, e teve de se recompor para ligar para a advogada.

O telefone tocou várias vezes e, então, uma voz surgiu repentinamente na linha. "Olá, daqui fala Nonceba —"

"Alô, meu nome é —"

"... deixe uma mensagem e entrarei em contacto com você". Um longo bipe soou após a gravação da voz.

Johan começou de novo.

CAPÍTULO 17

"Onde está o bebé?", Cleanman perguntou a Mvelo quando ela retornou do hospital de mãos vazias.

"Morreu", mentiu sem expressar emoção.

Cleanman ficou pasmo. Queria saber como era possível aquela jovem ter tanto azar, primeiro perdendo a mãe e em seguida a filha. Depois de um silêncio prolongado, disse: "Provavelmente foi melhor assim, minha jovem".

Ela concordou.

Estava demasiado insensibilizada para chorar e na cabeça já pensava no próximo plano: verificar se Sabekile estava segura. O dia seguinte era o dia da recolha do lixo, quando os moradores das barracas saíam em peso para as ruas. Foi à cidade para vasculhar as lixeiras, mas tinha como alvo só uma casa. Foi discreta, mas observou atentamente se Sabekile estava lá. Seu coração pulou quando ela os viu, o casal de brancos, com o seu bebé. A mulher embalava a bebé nos braços enquanto o marido ajudava-a a sentar-se no banco do passageiro do automóvel. Então, ligaram o carro e saíram.

Mvelo esperou perto da casa. Pouco tempo depois, eles voltaram com a polícia. Falavam e mostravam aos polícias o lugar onde haviam encontrado a bebé a chorar. A polícia foi embora, mas, logo depois, chegou uma senhora vestida de um traje formal de cores sóbrias e sapatos rasos. O carro dela tinha um emblema do serviço de assistência social. Mvelo quis gritar, pensou que a bebé seria mandada para uma daquelas instituições superlotadas onde as outras crianças e os cuidadores abusam dos mais pequenos. Ficou muito aliviada quando viu todos em frente à casa a falarem de maneira amistosa, e a assistente social ir-se embora sem levar a bebé. O casal sorridente ainda estava com ela. Viu restaurada a fé que tinha na sua prece solene.

Dia após dia, Mvelo continuava a rondar a casa, observando quem entrava e quem saía. Ela tomava cuidado para não ser vista, mas não conseguia ficar longe; era uma atracção muito poderosa. Ainda tinha nos braços a sensação forte e inata de ter embalado Sabekile quando estava no hospital, e queria sentir novamente a maciez da pele da sua filha.

Depois de um mês, Mvelo viu o homem da casa sair de carro e a mulher despedir-se dele, com Sabekile nos braços, fechando a porta logo em seguida. Mvelo agiu de forma imprudente. Fora de si, foi directo até a porta e bateu. A mulher abriu, segurando Sabekile. "Sim, minha jovem? O que deseja?". Ela fingiu um sorriso, agindo como se não desse importância ao facto de

Mvelo cheirar a lixo e não tomar banho há pelo menos uma semana.

"Senhora, eu estou com fome. Tem alguma coisa para me dar?". Foi a única coisa em que Mvelo conseguiu pensar, e era a verdade, ainda que não fosse o motivo pelo qual bateu na porta.

"Acho que é melhor te dar uma muda de roupa e deixar-te tomar um banho primeiro. Pareces ter passado por maus bocados", a mulher disse, com uma gentileza que nunca saiu dos seus olhos, apesar do odor desagradável que sentia. Deu um sabonete a Mvelo e a levou para uma casa de banho no exterior da casa, onde havia um chuveiro. "Podes lavar-te aqui, vou trazer uma muda de roupa pra ti".

Talvez fosse a gentileza da mulher e o aroma daquele sabonete, o favorito de Mvelo, que lembrava o perfume da sua mãe e que trouxe uma chuva de lágrimas em seus olhos. Ou talvez fosse a imagem de seus seios doloridos e cheios de leite, sem uma criança para mamá-los. Mas debaixo daquele duche quente e relaxante, chorou todas as lágrimas que tinha guardadas dentro de si.

Um tempo depois, quando Petra entrou na casa de banho, encontrou Mvelo de joelhos, cedendo ao fardo do sofrimento. Ela fechou as torneiras e enrolou Mvelo numa toalha quente e macia, trazendo de volta as memórias do tempo em que era uma criança morando em casa de Sipho com a mãe, antes de conhecesse qualquer forma de pobreza.

"Vai ficar tudo bem", Petra disse em um tom suave. "Vem aqui em casa conhecer a Princesa Tholakele". Na casa, havia fotos do casal com a sua Sabekile. Mvelo tinha trocado de roupa para uma saia jeans e uma camisete de algodão vermelha com o logotipo da Coca-Cola estampado nas costas. Petra olhou para ela e sorriu. "Como te chamas?", perguntou.

A pergunta trouxe Mvelo de volta para o presente, e ela falou a primeira coisa que veio em sua cabeça. "Meu nome é Dora", disse mentindo. Estava com medo agora, pois sentia que se tinha aproximado demais.

"Prazer, Dora. Meu nome é Petra. E esta aqui", apontando para a sorridente Sabekile de Mvelo, "é a minha Princesa Tholekele".

Mvelo olhou fixamente a bebé, demasiado atordoada para fazer um comentário. Tinha as bochechas redondas, vestia um lindo macacão cor de rosa e era como se fosse a imagem da felicidade. Mvelo agradeceu a Deus por garantir a segurança da sua filha no lar desses estranhos de bom coração. Petra deu a Mvelo um prato quente de *bobotie*. Ela odiava passas, mas devorou a comida. Não fazia uma refeição de verdade há muito tempo.

Enquanto Mvelo comia, Petra falou-lhe que hoje era um grande dia para ela e o bebé, pois seu marido Johan tinha saído para uma reunião com uma advogada que iria ajudá-los a legalizar o processo de adopção da Princesa. Mvelo ficou aliviada, absorvendo todo o calor humano e a bondade daquele lar enquanto escutava.

Quando se levantou para ir embora, tocou em Sabekile. Teve de fazê-lo. Era uma atracção tão forte que causava dor. Durante todo o tempo que esteve lá, lutou para não pegar a criança e agarrar-se a ela com gana. Pelo contrário, ela só lhe tocou na mãozinha, esforçando-se para parecer casual. A bebé agarrou-lhe a mão com força com as duas mãozinhas e tentou colocá-la na boca. A senhora riu e disse que ultimamente a Princesa andava a por tudo na boca. Mvelo agradeceu Petra pela sua gentileza e disse que já estava de saída.

Enquanto estava indo embora, Petra falou-lhe sobre o trabalho que fazia com o marido e deu a ela um saco plástico cheio de roupa. Falou que dava para perceber que Mvelo passava por uma situação difícil. Era a primeira vez que alguém pedia a Mvelo para que não se ofendesse por receber doações. Foi um sentimento dos mais estranhos. Sentiu-se com uma sensação de aconchego por dentro, bem diferente da mendiga suja que era quando chegou àquela casa. Voltou a ficar com um nó na garganta.

Ela não conseguia verbalizar um agradecimento, apenas assentiu positivamente e os olhos encheram-se de lágrimas. Petra apertou o seu ombro e repetiu que tudo ficaria bem.

Mvelo chorou quase toda a noite e no dia seguinte. Não era um choro triste, mas um choro por sentir-se saciada no estômago e no peito. Tinha sido um dia muito estranho.

Os ouvidos de Mvelo absorviam os cânticos vindos da tenda como um sonho. Vinham do outro lado da colina, e o vento trazia as vozes até aquele lado do bairro de lata. Despertou sobressaltada, com o coração a bater como um tambor. Correu até a barraca de Cleanman para ter certeza de que não estava a escutar vozes. "Cleanman, estás a ouvir este barulho?", perguntou-lhe.

"Minha jovem, eu estou surpreso", disse ele. "Como podes dizer que pregar o evangelho é barulho? Tu e a tua mãe iam regularmente aos cultos do Pastor Nhlengethwa". Mvelo ficou paralisada. Cleanman olhou para ela inquisitivamente. Ele tinha mencionado o nome dele, voltando a ressuscitá-lo. Como pôde? Na cabeça dela, Mvelo tinha morto aquele homem. E agora, ele estava de volta.

A música parou, e ela caminhou de volta à sua

barraca. Sentia um peso na cabeça, como se estivesse com gripe. Sentia um sabor metálico na boca. Bebeu um copo de água para tentar tirar aquele gosto. "Todos vocês são filhos de Deus", disse a voz carregada novamente pelo vento. Aquele som enfraqueceu os seus músculos. O único copo que ela tinha caiu no chão, estilhaçando-se em pedaços. A bexiga dela aliviou-se, aquecendo suas pernas. Começou a suar e sentiu como se a barraca a encurralasse.

"Peço para que os homens nessa tenda se levantem e digam 'Vou proteger a minha irmã'". A voz dele assumia o fervor dos justos. Mal tinham passado nove meses desde que destroçara o mundo de Mvelo, e Nhlengethwa estava de volta, buscando novas vítimas. Ela tremeu e chorou pela raiva incandescente que sentia. "Sejam homens em quem poderão confiar", a voz retornou. "Vocês nasceram para serem protectores, meus irmãos. Venha até Deus e façam a promessa de proteger os Seus anjos. Lembre-se do que Ele disse, Deixe que as crianças venham até mim". O fervor na voz dele alcançava níveis de arrebatamento, dando a Mvelo a certeza de que o leão tinha localizado a sua próxima presa.

O sermão fez com que Mvelo tomasse a decisão de fazer alguma coisa. Ele tinha de ser travado. Na noite seguinte, ela percorreu o longo caminho até ao outro lado da colina. Esperou e observou a tenda encher-se de gente. A música começou, e lá estava ele, o homem que a violou. As pragas que Mvelo lançou sobre ele não surtiram nenhum efeito. Estava diante do seu púlpito, forte e alto, bem alimentado pelas doações de pessoas desesperadas por salvação. Ao vê-lo, ela se sentiu diminuída e sem saber o que fazer.

No momento em que ele começou a pregar ela se lembrou do velório de sua mãe; lembrou-se da forma como as mulheres começavam a cantar sempre que queriam evitar uma eulógia imprópria. "*Amahlathi, amahlathi aphelile. Akusekho ukucasha.* Já não há mato, não tens onde te esconder", Mvelo começou a cantar com uma convicção que não conseguia sentir. Ele não conseguia vê-la na escuridão da tenda, mas as luzes estavam sobre ele, tornando-o visível aos seus olhos. A congregação acompanhou a sua canção.

Mvelo caminhou lentamente até a luz. Os anciãos lançaram um olhar incerto sobre ela; não sabiam o que fazer. Assim, ela caminhou livremente até a frente, sem ser barrada. Nesse momento, já podia ver-lhe nos olhos que ele a reconhecia.

Despiu o vestido e a calcinha e ficou parada na frente dele e da congregação, nua como tinha nascido. Antes que alguém pudesse fazer algo, Nhlengethwa desabou como um toro. Seu coração feio e sujo não resistiu. Os homens correram para o seu lado e as mulheres taparam Mvelo com um cobertor que ela pegou para se cobrir.

Ninguém chegou perto dela. Mesmo na igreja, o medo da feitiçaria era forte. Alguns atiraram o sal que mantinham por perto para cima dela ela, e outros pronunciaram o nome de Jesus para afastar os espíritos malignos que supostamente estavam em Mvelo. Ela simplesmente enrolou-se no cobertor, apanhou o seu vestido e a calcinha, e caminhou até a saída, para a noite linda e perfumada de Durban. Caminhou em direção ao mar e, quando chegou à praia, sentou-se e escutou as ondas sussurrarem-lhe os seus segredos.

CAPÍTULO 18

A notícia da morte de Sipho por fim chegou aos ouvidos de Nonceba, pouco tempo depois do falecimento de Zola. As diversas vozes que normalmente a perturbavam estavam se cada vez mais caladas. O facto de regressar para o continente onde tinha nascido deixou-a novamente conectada, e os sonhos inquietantes que costumava ter também começaram a diminuir.

Preocupada com a própria cura, Nonceba teve de bloquear completamente os outros pensamentos para se concentrar em reencontrar o seu norte. Não tinha perdido a esperança de encontrar seu pai, mas já não estava mais obcecada com isso. Tinha parado de procurar, após ter se consultado com um vidente charlatão que disse que só poderia canalizar o espírito do seu pai se dormisse com ela. Nonceba cuspiu na sua cara sem dizer uma palavra.

Finalmente, todos os caminhos a levaram de volta a Durban, o lugar onde se apaixonou por Sipho e encontrou seu instinto maternal ao cuidar de Mvelo.

Pensar em Mvelo doía como um espinho. Sentia-se culpada por não cumprir a promessa que lhe fez, mas no fundo sabia que aquilo era necessário. Para se separar de Sipho, precisava se livrar de tudo que remetia a ele. Uma das razões que a fez voltar para Durban foi seu desejo de fazer um curso de homeopatia na Durban University of Technology.

Por fim acabou por visitar os fantasmas do seu passado, e ficou surpresa e arrasada ao ouvir sobre Sipho quando chegou ao seu antigo consultório de advogados.

A mensagem de Johan na sua caixa de mensagens fê-la regressar à advocacia, apesar de não esperar voltar a trabalhar com a lei. O caso tinha um quê que despertou o seu interesse. Ele falou da batalha jurídica com a assistência social, que estava a ameaçar tirar a criança do casal, e se lembrou da sua avó que cresceu num orfanato antes de ter sido adoptada.

"Sim, Mbali me contou. Fico feliz de saber que o senhor está a tratar do assunto com ela", disse ao retornar a chamada. "Se ela confia no senhor, como você disse, ela vai nos dar um tempo até que eu arranje um lugar para ficar nas próximas semanas. Estou certa de que os meus ex-colegas vão-me hospedar, e vamos lutar nisto juntos". Ela tentava convencer-se com a mesma intensidade que tentava convencê-lo.

Sentia a adrenalina de outros tempos a voltar. A excitação de uma boa batalha jurídica no horizonte deixou-a acalentada. Ela estava de volta, a trabalhar para quem de facto precisava da sua ajuda.

Ao se sentar-se no puff no apartamento que alugara, com vista para o mar, releu as notas que havia tirado enquanto falava com Johan. Que história triste de desespero, deixar uma criança na porta de estranhos. Pensou na mãe que abandonara a filha. Sentiu tristeza.

Três semanas depois da chamada de Johan, ela conseguiu convencer os antigos sócios de Sipho a contratá-la para tratar com casos de advocacia pro bono e dar início a um consultório jurídico gratuito como parte do programa de responsabilidade social da empresa. Quando Johan voltou a ligar, conforme agendado, ela estava animada, pois voltava à profissão nas condições que havia exigido.

Ficou marcado que Johan se encontraria com ela de manhã, na Florida Road.

CAPÍTULO 19

Apesar do seu próprio bom senso, depois de Mbali ter mencionado o nome da Nonceba, Johan permitiu-se sentir uma sementinha de esperança. Talvez essa mulher tivesse algum parentesco com Zimkitha e poderia ajudar ambos a encontrarem a sua filha. Marcou a reunião com ela e então, aí sim, ficou uma pilha de nervos. Petra não conseguia entender, e ele sentiu que finalmente teria de ser franco com ela e dizer o que pensava.

"Por que não me falaste?!", disse, demonstrando animação.

"Não queria criar falsas esperanças, caso não acontecesse nada", respondeu com simplicidade.

"Bom, de uma forma ou de outra, vamos logo descobrir. Então é melhor você ir até lá e ver. Precisamos que essa mulher nos ajude com a Princesa".

Ao pegar nas chaves do carro, Johan teve de correr até a casa de banheiro, onde vomitou tudo o que tinha no estômago.

Em silêncio, Petra estendeu-lhe uma toalha e encarou-o por um minuto. Depois, disse: "Então vou eu. Vou encontrar-me com ela e digo que ficaste nervoso com a adopção".

"Farias isso por mim?". Lançou-lhe um olhar agradecido. "Desculpa, Petra. Achei que eu estava pronto, mas não consigo".

"Outra coisa que poderíamos fazer", disse Petra, sempre objectiva, "é irmos juntos, e ficarias noutro lugar e virias ter com nós duas mais tarde, caso te sintas à vontade".

Eles chegaram cedo. Johan sentou-se no lado oposto à mesa que Petra escolheu e pediu um chá para acalmar os nervos. Nonceba chegou no seu Golf vermelho.

Ao atravessar a rua, vestindo jeans e uma blusa de algodão, ela era a imagem da Zimkitha há todos aqueles anos. Johan teve um sobressalto e queimou a língua no chá. Na sua mente, não havia nenhuma dúvida de que aquela mulher com um grande penteado afro caminhando em direção ao restaurante era a filha de Zimkitha. Suas mãos começaram a tremer. Aquilo era demais para ele. Assim, levantou-se, deixou dinheiro pelo chá sobre a mesa e saiu apressadamente. Petra olhou para o marido e soube na hora. Levantou-se e acenou para Nonceba, chamando-a para a mesa.

Nonceba viu Petra com Princesa Tholakele e foi ter com elas. "Sra. Steyn?", disse, estendendo sua mão. "Achei que a reunião seria com o seu marido".

"Ele acordou mal do estômago hoje de manhã", disse ela, "e nós não queríamos cancelar. Assim, achei melhor vir com a Princesa e me encontrar consigo". Enquanto isso, Petra analisava os traços do rosto que tinha à sua frente. Ela tinha a testa de Johan, uma ligeira assimetria nos lábios e uma covinha marcante no queixo. Quando Petra lançou um olhar casual para a mesa de Johan, não o encontrou.

"Então, Sra. Steyn, parece que vamos ter uma batalha e tanto pela frente". Nonceba preparava-se para a reunião e brincava com as bochechas arredondadas da bebé.

Petra teve de disfarçar o choque que sentiu ao ver a filha do marido olhando para ela.

Conforme a conversa progredia, ela começou a relaxar, e se concentraram no bebé e no caso. Despediram-se com a promessa de lutar até as últimas pela Princesa Tholakele.

Quando Petra chegou em casa, contou a Johan os detalhes do encontro. Também confirmou que, para ela, não havia dúvida de que Nonceba era sua filha. Compreendeu a difícil situação e que se encontrava, mas também sabia que tinha de fazer alguma coisa. "E se não falarmos nada sobre o que sabemos até o caso ser concluído?", ela sugeriu. Eles concordaram que provavelmente seria a melhor forma de agir.

Depois de concluir a reunião com Petra, Nonceba foi até ao bairro de lata. Passar tempo com a bebé fez-lhe pensar nas suas próprias responsabilidades maternais e começou a sentir-se cada vez mais culpada por ter abandonado Mvelo. Tinha de procurá-la para ver como ela estava.

Mvelo tinha conseguido despistar a maioria das visitas que tentaram ir á sua barraca depois do nascimento da bebé, e agora estava distraída pela morte do Reverendo Nhlengethwa.

Uma parte de si sentia-se inquieta. Não era a sua intenção que ele morresse daquela forma. Queria contar a sua versão da história para a congregação, expor a hipocrisia e as mentiras dele. Estava irritada por não ter tido a chance de fazer isso. Até onde a congregação sabia, ele tinha morrido como um santo. Não estava triste pela sua morte, mas perguntava-se a si mesma se era má, como os fiéis diziam.

Uma batida na porta interrompeu o fluxo de pensamentos que corria na sua mente. "Quem é?", perguntou. Tinha aprendido a nunca abrir a porta para qualquer um que batesse. Era uma porta frágil e precária, que cederia com um pontapé. Mas, estando fechada, ela sentia-se bem. Não houve resposta, e ela permaneceu parada. Mas as batidas continuavam.

Cleanman observava da sua barraca e foi até a porta.

Mvelo escutou enquanto ele falava agressivo com alguém. Então, ele disse: "Minha jovem, é melhor você abrir a porta pra essa pessoa". Ele tinha uma vaga ideia de quem Nonceba era. Zola dizia que Nonceba havia roubado Sipho dela.

Mvelo abriu lentamente a porta, e lá estava ela. A imagem do bem-estar, parada à sua frente, deixou-a cheia de raiva. Mvelo fechou a porta, mandou Nonceba ir à merda e voltar para a América, gritando que ninguém ali precisava das suas encomendas. "Pode ficar com aquelas latas de Dr. Pepper e tabletes de chocolate americanas", berrou, com lágrimas a brotarem-lhe dos olhos.

"Minha jovem, por favor, isso não é lá forma de falar com os mais velhos. Não foi isso que a tua mãe te ensinou".

"Não te metas, Cleanman. Vai à merda tu também e volta pra tua barraca e para de agir como se fosses meu pai". Agora estava a chorar, sentindo-se novamente exposta.

Houve silêncio do lado de fora. Ela espiou por uma rachadura e viu os dois irem para a barraca de Cleanman. Sentiu-se desamparada ao ver Nonceba e Cleanman irem embora. Era orgulhosa como a mãe.

Queria que implorassem para que abrisse a porta. Sentou-se no assoalho e chorou, enquanto os dois ficaram sentados em frente à porta da barraca de Cleanman, á espera que ela abrisse a porta.

"Onde está a mãe dela?", Nonceba perguntou a Cleanman, que hesitou e não entrou em pormenores sobre o que havia acontecido, dizendo que não estava em posição de contar.

"É melhor você esperar até ela se acalmar, que ela vai poder contar tudo". Cleanman não tinha ilusões sobre seu papel na vida de Mvelo. Era uma moça que precisava de ajuda, mas que também era capaz de se arranjar sozinha. Era uma das coisas que Mvelo gostava nele.

Depois de alguns instantes, a conversa entre Cleanman e Nonceba parou. Ela então se levantou e disse: "Isso é ridículo. Vou lá falar com ela, mesmo que eu tenha de derrubar aquela porta". Ela avisou a Mvelo para se afastar, porque ia entrar na barraca, custasse o que custasse. Então, empurrou a porta com todo seu peso até abri-la.

Mvelo estava furiosa demais para olhar-lhe nos olhos. Nonceba era alguém que ela podia culpar de verdade por todos os seus infortúnios. Começou a tremer. Toda a raiva de estar sozinha finalmente veio à tona. Depois, sentiu-se aliviada. Já não estava sozinha. Mas a criança que havia dentro dela ainda queria fazer beicinho e birra. Nonceba ficou parada, absorvendo todo o desespero que encontrou naquela barraca. Ajoelhou-se e pegou Mvelo nos braços, abraçando-a até deixar de chorar. Ela sussurrou suavemente, como se rezasse, numa língua que Mvelo não entendia. A vida tinha sido dura para Mvelo. Ela aprendera a ter uma profunda desconfiança dos outros e, agora, tinha medo de confiar em Nonceba.

Foi porque acabou por adormecer que Nonceba conseguiu levá-la ao seu apartamento sem discussões. Dormiu no colo de Nonceba, e Cleanman carregou-a até o carro, aliviado por finalmente haver alguém que poderia ajudá-la. Mvelo acordou no apartamento, com Nonceba de pé ao lado da cama com um olhar triste. Ela disse que maDlamini lhe contou tudo sobre a gravidez e a perda do bebé.

"Então, quem é o pai? É por isso que desististe da escola?", Nonceba quis saber.

Mvelo não respondeu. Estavam a comer peixe com batata frita, o seu prato preferido. Nonceba lembrava-se. Foi o que Mvelo pensou enquanto devorava o prato, pondo o orgulho completamente de lado.

Nonceba tentou uma abordagem diferente. "Podes contar-me o que quiseres. Sabes disso, não?". Mvelo simplesmente baixou o olhar para o prato e continuou a comer. "Deves ter sofrido o diabo. Contaram-me sobre a tua mãe e Sipho. Dou graças a Deus por te ter encontrado. Podes ficar aqui comigo agora".

"Não quero ficar aqui, eu preciso voltar pra minha barraca", Mvelo parou de comer e ficou bastante agitada.

"Mas Mvelo, és muito nova pra morar sozinha", ela tentou argumentar.

"Bom, não me podes obrigar a ficar aqui. Não me podes obrigar a passar de novo o que eu passei quando minha mãe ficou doente. Vais ter que encontrar outra pessoa pra cuidar de ti. Não posso passar por isso de novo. Não posso", ela estava fora de si.

"Mas o que estás a dizer? Eu não estou doente, não estou a pedir para cuidares de mim. Eu quero cuidar de ti. Precisas de alguém para cuidar de ti pra variar", Nonceba segurou a mão dela, até que ela se acalmou.

"Não estás doente?", Mvelo perguntou, hesitante. Nonceba sorriu. "Não, eu não estou doente".

"Mas Sipho deixou a minha mãe doente, e outra mulher no escritório dele", ela disse, derramando lágrimas novamente.

"Não, não, não, menina. Não estou doente. Podemos ir ao médico e fazer o teste, e vais ver que não estou doente. Mas é muito tarde. É melhor irmos dormir, e amanhã vamos ver isso".

Mvelo lançou-lhe um olhar demorado e circunspecto. Uma mulher saudável olhou-a de volta. Mvelo já admirado Nonceba como um exemplo e queria confiar novamente nela, mas ainda não era capaz. Só iria acreditar nela depois de ver o resultado do teste. A única coisa que tinha certeza era de que nunca mais iria cuidar de uma pessoa doente outra vez.

Foram para uma clínica, onde Nonceba fez o teste sob o olhar vigilante de Mvelo. A moça parecia mais aliviada do que Nonceba, que não estava com medo, pois sempre se manteve firme quanto ao uso de camisinhas.

Lá Mvelo tomou a decisão e então resolveu contar a Nonceba que foi violada e que Sabekile não tinha morrido, que a tinha deixado para uma família que poderia cuidar dela. Nonceba escutou em silêncio e, ao final da história, parecia atordoada. Tinha o rosto petrificado. "Foi culpa minha", disse. "Fui individualista e egoísta depois que terminei com Sipho. Eu te abandonei e não cumpri as promessas que te fiz. Perdoa-me, desculpa". Tinha a voz embargada, tomada pela dor.

Os muros de pedra que Mvelo havia erguido á sua volta ruíram. As lágrimas reprimidas desabaram, e ela chorou durante horas.

Foi acordada na manhã seguinte por Nonceba. "Vem", ela disse, e foi de carro ao norte de Durban até chegar a Westbrook Beach, onde alugou uma lancha. O homem olhou para elas de um jeito estranho, surpreso ao ver duas mulheres negras a alugarem um barco. "Você vai alugar ou não? Nós não temos o dia todo". A impetuosidade de Nonceba estava de volta. Ele deu a elas o que queriam e fez com que assinassem um termo de compromisso para isentá-lo de qualquer responsabilidade, caso algo acontecesse a elas. Vestiram as roupas de neopreno que vinham com a lancha. Nonceba disse para Mvelo se segurar firme e foram para o mar. Quando já estavam longe da costa, onde as ondas eram tranquilas, Nonceba desligou o motor barulhento e deixou o barco flutuar ao sabor da maré. Estava tudo absolutamente tranquilo ao seu redor. Até o silêncio entre elas era bem-vindo.

Depois de um tempo, Nonceba disse: "É assim que deveria ser. A natureza quer que fiquemos em paz, seguras". "Certo", ela disse depois de alguns minutos, "tu e eu temos de nos livrar dessa feiura toda que temos dentro de nós, e esse é o lugar perfeito pra fazer isso. Ninguém vai nos ouvir ou nos incomodar. Estou tão fula e tão triste pelo que aconteceu contigo que não tenho palavras pra expressar. E eu sei que se eu não fizer nada, isso vai acabar me matando. E, se eu me sinto assim, eu sei, com certeza, que criaste uma pedra de gelo no coração. És muito nova pra isso. Então, acho que nós devemos pura e simplesmente gritar".

Mvelo no primeiro momento ficou surpresa, mas lembrou-se da antiga Nonceba e das suas loucuras que tanto lhe ajudaram quando era mais jovem e se sentia insegura. Então, decidiu confiar nela. No início, foi relutante, mas ver Nonceba deixar-se levar daquela forma ajudou-lhe a livrar-se das suas inibições, e gritou até perder a voz. Elas perturbaram a paz do alto-mar.

Então, ela começou a gargalhar. Gargalhou sem parar, incontrolavelmente, até cair sobre o convés, chorando até não ter mais lágrimas, quando foi tomada por uma estranha paz de espírito.

Voltaram para a praia mais tarde naquele dia, inteiras. O homem nojento ficou feliz em ter sua lancha de volta e voltar a ver os "rabinhos lindos", como lhes chamava. Nonceba sentia-se bem demais para discutir com ele.

Voltando a Durban, no carro, Nonceba perguntou a Mvelo: "E a bebé? Sabes alguma coisa sobre ela desde que a deixaste na porta da casa?".

"Sim", disse Mvelo. "Visitei a família, fingindo pedir esmola. A mulher da casa me deixou entrar e me deu comida". Mvelo não estava a gostar do rumo que a conversa estava a tomar. Pensou na polícia. Poderia ser presa e mandada para um reformatório.

"Temos que informar a polícia", Nonceba disse, "e eu poderia me oferecer para adoptar a ti e a bebé. Afinal, és como uma família pra mim. Aliás, vocês são a única família que eu tenho agora", disse, com tristeza.

"E se eu for presa? Por favor, não vamos fazer isso. Estou envergonhada pelo que eu fiz e a Sabekile está bem onde está.

Essa mulher me disse que estão a lutar pra ter a guarda dela", Mvelo implorou.

"Espera aí, você sabe o nome da mulher que ficou com a sua criança?", Nonceba perguntou.

"Sim", Mvelo disse, confusa com a pergunta e tentando relembrar o nome. "Acho que era Peta, ou Patricia, algo assim".

"Não é Petra?", Nonceba estava a ficar animada.

"Sim, acho que é isso, Petra", Mvelo disse. Nonceba sorriu. Tinha de fazer uma chamada.

CAPÍTULO 20

Foi Johan quem atendeu o telefone.

"Alô, Sr. Steyn, aqui é Nonceba. Aconteceram reviravoltas no seu caso e acho que devemos nos encontrar o quanto antes. Não é algo que eu possa falar pelo telefone. Pode ser no mesmo lugar onde encontrei sua esposa, amanhã de manhã?".

Johan sentiu seu estômago embrulhar. "O que foi? Pareces preocupado", disse Petra quando ele desligou o telefone no gancho.

"Eu não sei. Nonceba quer se encontrar connosco. Disse que há reviravoltas no caso". Desde a chegada desta bebé, as suas vidas estavam de pernas para o ar, o que o deixava exausto e lembrava-lhe dos seus erros do passado, que ele preferia esquecer.

"Posso me encontrar com ela sozinha de novo se não te sentires pronto", Petra sugeriu.

"Olha, Petra, eu não posso fugir pra sempre. Em algum momento vou ter de ir até lá e falar com ela. Se nós esperarmos até o fim do caso, vai ser outro desengano, o que pode fazer com que ela fique ainda mais fula. Eu vou contigo e, se eu me sentir forte o bastante, vou contar a ela quem eu sou".

Na manhã seguinte, foram todos para o carro: Johan, Petra e a bebé Princesa.

Do outro lado da cidade, em Morningside, onde haviam se mudado do apartamento para uma casa pequena com espaço suficiente para as duas, Nonceba teve de se esforçar muito para convencer Mvelo a se encontrar com aquelas pessoas para ver se era o casal que ficou com a sua bebé. "Posso estar errada, mas, se eu não estiver, podemos lutar por Sabekile", disse ela. A única coisa que deixou Mvelo feliz foi o facto de Nonceba ter concordado em não informar a polícia. Assim, arranjaram-se e foram a pé da sua casa até o café. "É ela, é a mulher, é ela", Mvelo disse ao se aproximarem, apertando forte a mão de Nonceba. "Por favor, vamos embora, ela vai me reconhecer", disse, puxando sua mão.

"Mas, Mvelo, não vês como isto é bom? Vais ter o teu bebé de volta e vamos poder ser uma família. Não é isso que queres?".

Mvelo queria. Queria no fundo do seu coração, mas não podia encarar a mulher e dizer a ela que queria levar a bebé de volta. Ela tinha sido tão bondosa com ela e, agora, Mvelo estava prestes a partir-lhe o coração. Era demasiado tarde para voltar, no entanto. Eles já as tinham visto.

Petra parecia confusa. "Eu te conheço. Vieste á

minha casa no outro dia", disse, enquanto Nonceba e Mvelo se sentavam. Mvelo sentiu um frio na barriga e seu estômago começava a dar voltas.

Nonceba explicou sobre Sipho e sua relação com Mvelo. Quando chegou na parte sobre Mvelo ter abandonado a bebé, Petra não conseguiu conter as lágrimas. "Eu sabia", disse ela. "Eu vi que eras a mãe. E agora? Como vamos lidar com isso?". Ela segurava Princesa Tholakele firmemente.

Johan ficou sentado em silêncio, estático como uma pedra. Evitou olhar para Petra porque o choro dela era doloroso para ele. Mvelo não conseguia olhar para ninguém na mesa. Estava muito envergonhada pelo seu papel na confusão.

Um silêncio confrangedor se instaurou quando a verdade veio à tona: Nonceba e Mvelo queriam a bebé de volta.

Johan não suportava. Sentia que estava a pagar pelos seus pecados, e que Petra não merecia isso. "Eu conheci uma moça chamada Zimkitha Hlathi", disparou. "Ela foi parar na cadeia por me beijar em público, mas, naquela hora, já era tarde demais, porque ela estava grávida da minha filha", falou rapidamente antes que perdesse a coragem. Um silêncio de perplexidade pairou no ar.

Johan tirou do bolso do jeque uma foto de uma

mulher que era a imagem de Nonceba, só um pouco mais escura e com caracóis levemente mais encrespados no cabelo. Nonceba não se lembrava da sua mãe, mas tinha visto fotos dela. A foto que Johan segurava mostrava a sua mãe com toda a certeza. Nonceba olhou para o retrato, olhou para seu pai e pôs-se a chorar.

Petra levantou-se com Princesa e pediu a Mvelo para acompanhá-la a fim de deixar Johan e Nonceba a sós por um momento. Mvelo estava atónita demais para dizer qualquer coisa e seguiu Petra até outra mesa. Sentaram-se lá, demasiado assustadas para conversarem.

Petra embalava Princesa e brincava com ela. Vendo isto, Mvelo tomou a sua decisão. Ia entregar-lhe Sabekile. Rezara para que a sua bebé tivesse um bom lar, e a sua prece fora atendida. Se esta mulher permitisse que ela participasse da vida da bebé, deixando-a visitar quando desejasse, Mvelo permitiria a adopção de Sabekile.

Por mais que Mvelo estivesse feliz agora, Nonceba já a tinha abandonado no passado. O que a impediria de fazer isso novamente? E o que Mvelo faria então? Como iria cuidar de Sabekile? Não queria que sua filha passasse um dia sequer com fome. "É com você que ela deve ficar", Mvelo disse a Petra. "Se me deixar visitá-la, ela pode ficar com você".

Petra chorou, e Mvelo pegou a bebé dos seus braços e segurou-a. Absorveu intensamente aquela sensação quente e macia e o seu cheiro a leite. Sentiu um imenso amor pela sua filha.

Os empregados de mesa ficaram surpresos com a clara comoção que se desenrolava diante de seus olhos. Johan ficou plantado na sua cadeira, assustado demais para se mexer.

"Eu já tinha desistido. Procurei por toda parte, até que finalmente desisti", disse Nonceba, com um nó na garganta causado pela emoção. Ela deu as mãos a Johan, estendendo-as ao outro lado da mesa. Era mais do que ele tinha esperado.

"Ela foi a mulher mais linda que eu já vi", Johan disse. "Eu amava-a, mas fui covarde".

Nonceba olhou para a foto. "Fale-me dela", disse ela. "Quero ouvir de você. Minha avó disse o que sabia, mas ela não sabia muita coisa sobre a vida dela em Hillbrow".

Era por volta de seis da tarde quando saíram de lá, todos completamente esgotados. Ainda não tinham discutido nenhum detalhe sobre a adopção. Então, marcaram para se reunirem novamente em Manor Gardens, em casa de Johan e Petra.

Johan ficou aliviado com o facto de Nonceba não o ter rejeitado. Os olhos ardentes de Zimkitha foram substituídos pelos olhos amáveis da filha. Ela concluiu que tinha sido levada de regresso a Durban para que pudesse terminar sua busca.

Johan e Petra não conseguiam acreditar nas bênçãos que receberam. Primeiro tinham encontrado uma bebé que precisava dos seus cuidados. Depois, a filha que andavam á procura para cima e para baixo, e uma adolescente que tinha escolhido a casa deles para servir de lar ao seu bebé. Quando Mvelo contou a Nonceba sobre sua decisão de deixar Petra e Johan ficarem com a bebé, Nonceba lembrou-lhe de que ainda teriam de enfrentar os tribunais.

Mvelo caiu no sono, com a cabeça às voltas.

CAPÍTULO 21

Era visível a tensão no tribunal depois de se espalharem boatos sobre uma mãe menor de idade que confessara ter abandonado a bebé na residência do casal Steyn. Cleanman estava lá, e vários outros moradores do bairro de lata foram dar apoio ao médico bondoso e á esposa que tratou de vários deles até ficarem curados. Alguns ameaçaram protestar caso o Estado decidisse levar o bebé embora. "*Sizobhosha la enkantolo*. Vamos cagar bem aqui no tribunal!", gritaram em ameaça do lado de fora. Dentro do tribunal, a magistrada teve de bater o martelo algumas vezes e pedir ordem para silenciar o acalorado vozerio.

Petra, Johan e Princesa Sabekile estavam na frente com Nonceba e Cleanman: as pessoas que Mvelo considerava como sua família. Os moradores das barracas acompanharam-nos ao longo do processo. Mvelo ficou agradecida pela rede de amor e de solidariedade que parecia se estender diante de seus olhos.

Depois de muitas idas e vindas, ficou claro que o Ministério Público não tinha como sustentar a sua defesa. Mvelo não tinha condições de cuidar da criança. Ela insistiu que compreendia perfeitamente o que estava a dizer quando declarou que o casal Steyn eram os pais adoptivos da sua preferência para a filha. O facto de se arriscar a ser apanhada a espiar a casa contou a seu favor, como uma prova de que não era um animal desalmado que puramente abandonara a bebé.

Quando Nonceba foi questionada sobre a sua guarda autodeclarada de Mvelo, declarou que tinha sido a companheira de Sipho, sendo assim sua madrasta de facto. Mvelo ficou sentada, a assistir aos procedimentos numa tela. Seu nervosismo transformou-se em entusiasmo quando Nonceba começou a dar mostras de que estava a vencer o julgamento. Foram necessárias algumas sessões até que a sentença fosse finalmente divulgada e os Steyns foram declarados como os pais adoptivos de Sabekile.

Mvelo concordou em voltar para a escola no ano seguinte, repetindo a classe em que estava antes de abandonar os estudos. Nonceba insistiu para que ela voltasse à sua antiga escola e enfrentasse os boatos de que tinha abandonado a filha. Disse que era a única maneira de Mvelo recuperar a autoestima sem se sentir constrangida pelo que havia acontecido.

Quando o ano escolar começou, Mvelo ficou a pensar em como poderia superar aquilo. Mesmo que estivesse com quase dezasseis anos, sentia-se muito mais velha. E não estava preparada para enfrentar as fuças e os olhares de lado que recebia, principalmente dos professores e professoras. Suas velhas amigas estavam em classes mais adiantadas. Mas disse a si mesma que iria apenas manter o foco nos estudos.

Depois da escola, passava a maior parte do tempo em Manor Gardens. A primeira palavra de Sabekile foi "Mama", e disse a olhar para Mvelo, que quase desmaiou de emoção. Olhou para Petra, que fez um gesto afirmativo com a cabeça, a sorrir. Mvelo apertou o corpinho de Sabekile tão firme que ela se contorceu com o seu peso.

Enquanto brincavam com Sabekile uma noite, Petra disse a Mvelo: "Eu soube no primeiro dia vieste aqui que eras a mãe dela. Mas, agora, conforme ela vai crescendo, não há nenhuma dúvida de que ela é tua filha".

Mvelo achou que a bebé se parecia com a mãe e sentiu uma pontada de tristeza por Zola não ter tido a oportunidade de conhecê-la.

CAPÍTULO 22

Nonceba tinha uma extensa rede de amigos e gostava de recebê-los em casa. Mvelo normalmente sentia-se um pouco deslocada nesses encontros; isto até apaixonar-se pela primeira vez. Ele tinha cerca de vinte e cinco anos, e ela tinha apenas vinte e estava a fazer os exames finais do ensino médio. Mas ele fazia-a sentir mulher, não uma colegial.

"Sisi Nonceba, você nunca me disse que tinha uma irmã tão bonita assim", disse ele, ao fazer um galanteio para Mvelo, pegando e beijando-lhe a mão. Foi surpreendida pela sensação dos lábios dele a tocarem na sua mão e agradeceu a Deus por ter a pele escura, o que impedia que ele a visse corar.

"Como te chamas, linda?", perguntou ele, olhando para ela com seus olhos grandes e alegres.

"Mvelo", disse ela, observando-o com atenção, tentando entender o seu jogo.

"Um nome lindo para uma linda mulher", disse, e ela sorriu timidamente. "Muito prazer. Meu nome é Cetshwayo Jama KaZulu", disse orgulhosamente. "Eu trabalhei com a tua irmã quando era estagiário. Ela tirava o couro da gente, mas nós gostávamos muito dela".

Nonceba divertia-se a assistir a esse espetáculo. Ela não o corrigiu quando ele disse que eram irmãs, o que deixou Mvelo feliz.

Enquanto outros na festa discutiam assuntos cansativos, como os rumos da democracia, Cetshwayo sentou-se ao lado de Mvelo e perguntou quais eram os seus planos depois de se formar. Nenhum homem tinha demonstrado interesse pela sua vida dessa forma, querendo saber o que ela pensava e o que pretendia fazer no futuro. Quando deu por isso, estava a conversar com ele com naturalidade.

"Eu queria ter uma carreira musical", disse ela, verbalizando pela primeira vez o seu sonho.

Ele falou sobre seu amor pelo Direito e como ainda era preciso mudar muita coisa. Mvelo pensou que se não fosse pelo trabalho dos advogados, ela poderia ter perdido Sabekile. Sentiu-se inspirada pelo seu entusiasmo.

Começaram a namorar, com a bênção de Nonceba, claro. Ele apresentou-a a um mundo inteiramente novo: palestras na universidade sobre a Renascença Africana e saraus de poesia e literatura. Mvelo não entendia uma parte daquilo, mas não tinha importância, eram coisas que ela gostava de fazer com Cetshwayo. Algumas apresentações simplesmente despertavam-lhe sentimentos. Ela não precisava compreender, sentia nas veias.

Houve uma noite em que Cetshwayo levantou-se para ler. As palavras eram tão belas. Mvelo começou a cantar uma melodia suave junto com ele. Ele pareceu surpreso, mas sorriu e continuou a ler. Estavam em perfeita sintonia.

Voltaram para casa calados, entendendo que algo havia mudado. Quando ele a deixou em casa, beijou-lhe na bochecha. Era o segundo beijo que trocavam.

Só depois de ela ter passado nos exames para obter o certificado de conclusão do ensino médio é que Cetshwayo disse que sabia pelo que ela tinha passado. Nonceba tinha-o chamado para uma conversa, ameaçando cortar-lhe as partes se ele alguma vez fizesse mal a Mvelo. "Eu sabia que ias conseguir", disse ele. E então beijou-a novamente, dessa vez nos lábios.

Sabekile já era uma menininha e continuava a dar grandes alegrias a Mvelo. Adorava cantar, na sua estranha mistura de zulu, inglês, africâner e xhosa, e exigia que Mvelo cantasse junto com ela. Num dia de verão chuvoso em Durban, ela correu para fora com seus bracinhos abertos e disse: "Olha, mamã, beijos de Deus". O que deu um nó na garganta de Mvelo, fazia-lhe lembrar da sua mãe. Era o tipo da coisa que Zola teria dito. Ela foi ao encontro de Sabekile com os braços abertos, rodopiando na chuva.

Depois de concluir o ensino médio, Mvelo matriculou-se na Universidade de KwaZulu-Natal para estudar jornalismo. Apesar do seu desejo de seguir o sonho de cantar profissionalmente, Nonceba convencera-a a estudar também algo mais prático, para que pudesse ter sempre um sustento. Quando voltaram para casa depois da matrícula, Nonceba iniciou um dos seus longos discursos, falando sobre o quanto se orgulhava de Mvelo. Ela abraçou-a e não a soltou até que Mvelo sentiu o corpo de Nonceba tremer.

Mvelo afastou-se e viu que Nonceba chorava. Ficou confusa. "O que foi?", perguntou. "Bom, eu tenho notícias para te dar e acho que não vais gostar de ouvir. Vou voltar para os Estados Unidos para fazer alguns estudos numa das reservas indígenas do país. Vou ficar três meses lá, mas prometo que vou voltar".

Mvelo podia ver que Nonceba estava receosa de que ela não fosse aceitar, mas agora tinha uma família. Sabia que não estaria mais sozinha.

Ela e Cetshwayo levaram Nonceba até o aeroporto e lhe desejaram boa viagem. "Igual a essa, não tem ninguém", Cetshwayo disse, enquanto lhe acenavam.

"Não tem mesmo", Mvelo respondeu, finalmente percebendo que Nonceba também estava a sentir o chamamento dos seus outros ancestrais.

"Então, quando é que eu vou poder apresentar-te á minha mãe?", Cetshwayo perguntou um dia, assim do nada. Mvelo tinha passado da paixão para um amor tranquilo e confortável. Tinham trocado beijos apaixonados, mas na hora de ir mais longe, ela parava sempre. O fantasma de Nhlengethwa pairava sobre eles. Cetshwayo nunca deixou que ela se desculpasse. "Não é tua culpa, eu sei, é aquele sem vergonha que abusou de ti", dizia, tentando tranquilizá-la, sentindo-se frustrado, por não ter ninguém para descarregar a ira.

"Bom", Mvelo disse, "antes de fazermos planos, talvez devesses fazer uma visita a uma clínica e depois sim, apresentar-me à tua mãe".

Mvelo tinha passado por tanto nos seus vinte anos de idade e sabia que, não importava o que a vida lhe trouxesse, ela teria sempre forças para lutar.

AGRADECIMENTOS

Obrigado à Modjaji Books, à Dublinense e à Editora Trinta Zero Nove por darem a oportunidade de esta estória ser contada. Agradeço à editora Andie Miller por ter trabalhado como uma detective ao escutar as verdadeiras vozes das personagens. Às vezes foi doloroso, mas foi uma experiência de aprendizagem e crescimento. A todos que leram os primeiros rascunhos do manuscrito, muito obrigado.

Futhi Ntshingila nasceu em Pietermaritzburg, em 1974, e vive em Pretória. Publicou dois romances: *Shameless*, em 2008, e *Do not go gentle*, em 2014. Sua literatura é dedicada à preservação da memória de mulheres cujas trajetórias foram historicamente ignoradas. Jornalista de formação, mestrada em Resolução de Conflitos, ela busca por em prática as suas ideias no Gabinete da Presidência do seu país, a África do Sul.

A PUBLICAÇÃO DESTE LIVRO FOI POSSÍVEL GRAÇAS AO GENEROSO APOIO DE:

Carlos De Lemos
Master Power Technologies Moçambique S.U., Lda.
Antonella De Muti
Abiba Abdala
Abílio Coelho
Almir Tembe
Ana Catarina Teixeira
Ângela Marisa Baltazar Rodrigues Bainha
Carla Marília Mussa
Carlos 'Cajó' Jorge
Celma Mabjaia
Celso Tamele
Cícero Mabjaia
Cleese Mabjaia
Dalva Isidoro
Eduardo Quive
Emanuel Andate
Euzébio Machambisse
Hermenegildo M. C. Gamito
Hugo Basto
Ilka Collison
Inês Ângelo Tamele Bucelate
Jéssica Brites

João Raposeiro
José dos Remédios
Julião Boane
Kawane Nhatsave
Maria Gabriela Aragão
Muzila Nhatsave
Pincal Motilal
Ricardo Dagot
Sónia Pandeirada Pinho
Tina Lorizzo
Virgília Ferrão

O SEU NOME TAMBÉM PODE CONSTAR NESTE E NOUTROS LIVROS

SEJA BEM-VINDO
À EDITORA TRINTA ZERO NOVE
damos voz às estórias

Para os leitores de palmo e meio - Infanto-juvenil

Alya e os três gatinhos *de Amina Hachimi Alawi, Marrocos*
Sabes o que eu vejo? *de Amina Hachimi Alawi, Marrocos*
A rota dos espiões *de Manu e Deepak, Índia*
Akissi, o ataque dos gatos *de Marguerite Abouet, França*
Eu rezemos só que me safo *sessenta redacções de crianças Napolitanas, de Marcello D'Orta, Itália*

Colecção (en)cont(r)os – Conto

Não tentem fazer isto em casa *de Angela Readman, Reino Unido*
Líquida *de Anna Felder, Suíça*
Rafeiros em Salónica *de Kjell Askildsen, Noruega*
Intrusos *de Mohale Mashigo, África do Sul*
O Redentor do Mundo *colectânea do Concurso de Tradução Literária 2019*
No oco do Mundo *colectânea do Concurso de Tradução Literária 2015-2018*

Colecção (des)temidos - Romance

Não vás tão docilmente *de Futhi Ntshinguila, África do Sul*
Eu não tenho medo *de Niccolò Ammaniti, Itália*

Colecção (uni)versos – Poesia

feeling e feio *de Danai Mupotsa, África do Sul*
A Perseverança *de Raymond Antrobus, Reino Unido*

Não-ficção

Meu Nome é Porquê *de Lemn Sissay, Reino Unido*